셰익스피어 전집 006

# 햄릿

셰익스피어 전집

006

# 햄릿

윌리엄 셰익스피어(William Shakespeare)

권오숙 옮김

*Hamlet*

HU:iNE

# 옮긴이의 말

유난히도 무더웠던 날씨에 공교롭게도 『햄릿』 번역과 「셰익스피어 한국어 번역 100년사」 논문 작업을 함께 하였다. 이미 훌륭한 학자들의 번역 역작들이 존재하는 가운데 다시 내놓는 『햄릿』 번역은 시작부터 마음이 무거웠다. 과연 앞의 번역들을 능가할 수 있을까? 만약 그렇지 못하다면 내 번역의 가치는 무엇일까? 괜히 독자들의 선택에 혼란만 가중시키는 작업은 아닐까? 여기에 논문을 위해 시대별 역사적 가치를 지닌 번역들을 연구하면서 마음은 더욱 더 무거워졌다.

램 남매의 『셰익스피어 이야기』를 원전으로 하여 초역(抄譯), 축역, 개요역 등이 행해지던 1920년대에 희곡 형태의 최초의 전역(全譯)을 한 현철의 『하믈레트』, 책의 구성부터 서, 본문, 해설로 진정한 번역서의 형태를 갖춘 1949년에 출간된 설정식 역의 『하므렡』, 비록 일부 대사이기는 하지만 셰익스피어의 운문을 살린 번역을 시도한 1954년 최재서의 『햄맅』, 세계에서 7번째로 개인 완역을 이룬 김재남의 『햄릿』, 국내 최초로 공연용 전집을 낸 신정옥의 『햄릿』, 국내 최초로 운문 번역을 전면에 표방한 최종철의 『햄릿』, 이후 운문을 살리면서도 가독성을 높인 번역을 시도한 설정식, 박우수 등의 『햄릿』까지 각 시대마다 중요한 획을 긋는 『햄릿』들이 탄생했다.

이에 역자의 고민은 과연 나는 어떤 『햄릿』을 세상에 내놓고자 하는가였다. 우선 그 답을 찾아야 번역 착수가 가능할 듯했다. 결국 한국외대 지식 출판원이 지향한 셰익스피어 전집의 기조, 즉 "대중들이 이해하기 쉬운 셰익스피어"가 역자의 기조일 수밖에 없었다. 하지만 셰익스피어 전문 학자가 대중적인 번역을 하는 것은 생각보다 쉬운 일이 아니다. 대사 한 문장에 담긴 다중의 의미, 셰익스피어 특유의 언어유희, 수많은 고전의 인유와, 심오한 비유 등이 끊임없이 발목을 잡아댄다. 결국 역자는 대중성과 전문성을 일정 정도 타협하는 방식으로 방향을 잡았지만 그래도 최우선은 독자의 가독성에 두었다. 그동안 번역사에서는 큰 의미와 가치를 지녔으나 독자들이 셰익스피어에 친숙해지는 데는 기여하지 못한 번역들도 있었다. 그런 면에서 볼 때 대중이 이해하기 쉬운 셰익스피어 번역도 나름 의의가 있으리라 본다.

전문성 운운했지만 번역을 하는 동안 내 지식의 얕음에 절망하는 순간들이 많았다. 그럴 때마다 한켠에 쌓아두고 끊임없이 들춰본 선배 학자들의 번역본들을 참조하였다. 그 번역본들은 최종철, 설준규, 박우수, 여석기의 『햄릿』이었다. 그분들의 번역 문장을 빌려온 부분도 있고 주석을 빌려온 부분도 있다. 그리고 본 번역은 해롤드 젠킨스(Harold Jenkins)가편집한 1990년 아든판을 저본으로 하였다. 젠킨스의 주석으로 해결이 안되는 부분들은 2016년 The Norton Shakespeare를 참조하기도 하였다. 모쪼록 나의 노력으로 셰익스피어의 작품 중에서도 난해하기로 이름난 『햄릿』을 독자들이 편히 즐길 수 있기를 바란다.

권오숙

# 목차

# 등장인물들

| | |
|---|---|
| 햄릿 | 덴마크 왕자 |
| 클로디어스 | 덴마크 왕, 햄릿의 숙부 |
| 유령 | 선왕, 햄릿의 아버지 |
| 거트루드 | 덴마크 왕비, 햄릿의 어머니 |
| 폴로니어스 | 재상 |
| 레어티즈 | 폴로니어스의 아들 |
| 오필리어 | 폴로니어스의 딸 |
| 호레이쇼 | 햄릿이 속마음을 터놓는 친구 |
| 로젠크랜츠, 길덴스턴 | 조신들, 햄릿의 옛 학교 동창들 |
| 포틴브라스 | 노르웨이의 왕자 |
| 볼티먼드, 코넬리우스 | 덴마크의 중신들, 노르웨이 사절들 |
| 마셀러스, 바나도, 프란시스코 | 왕의 근위병들 |

| | |
|---|---|
| 오즈릭 | 겉 멋든 조신 |
| 레이날도 | 폴로니어스의 하인 |
| 배우들 | |
| 궁정 신사 | |
| 신부 | |
| 무덤파기꾼 | |
| 무덤파기꾼의 동료 | |
| 노르웨이 군의 부대장 | |
| 영국사절들 | |

귀족들, 귀부인들, 병사들, 선원들, 사자들, 시종들

| | |
|---|---|
| 장소 | 엘시노어에 있는 덴마크 궁정과 그 주변 |

# 1막 1장

두 보초병 바나도와 프란시스코 등장

**바나도** 거기 누구냐?

**프란시스코** 아니, 먼저 대답하라.[1] 멈춰서 신분을 밝혀라.

**바나도** 덴마크 왕 만세!

**프란시스코** 바나도?

**바나도** 그래 나일세.

**프란시스코** 시간에 딱 맞춰 왔군.

**바나도** 지금 막 열 두 시를 쳤네. 가서 자게, 프란시스코.

**프란시스코** 교대해주어서 고맙네. 어찌나 추운지
가슴 속까지 시리군.

---

1) 보초를 서고 있던 프란시스코가 먼저 질문을 하는 게 맞는 상황이라 이런 대답을 하고 있다.

**바나도** 별 이상은 없었나?

**프란시스코** 쥐새끼 한 마리 얼씬거리지 않았네.

**바나도** 좋아, 잘 가게.
호레이쇼, 마셀러스와 같이 망을 서니
그 사람들 만나거든 빨리 오라고 전해주게.

**프란시스코** 오는 소리가 들리는 것 같은데.

호레이쇼와 마셀러스 등장

정지! 누구냐?

**호레이쇼** 이 나라 편이네.

**마셀러스** 덴마크 왕의 신하이지.

**프란시스코** 수고들 하게.

**마셀러스** 아, 잘 가게, 충직한 병사 양반. 누구와 교대했나?

**프란시스코** 바나도와 교대했네. 그럼 수고들 하게. (퇴장)

**마셀러스** 어이, 바나도!

**바나도** 어, 호레이쇼도 같이 왔나?

**호레이쇼** 그의 일부일세.[2]

**바나도** 어서 오게, 호레이쇼. 마셀러스, 자네도.

**호레이쇼** 그래, 그것이 오늘 밤에도 나타났는가?

**바나도** 아직 아무 것도 못 봤네.

---

2) 악수를 하려고 손을 내밀며 하는 말.

**마셀러스** 호레이쇼는 우리가 헛것을 본 것이라며
우리 눈앞에 두 번이나 나타난 그 무서운 모습을
도무지 믿질 않네.
그래서 내가 오늘 밤 이 시각에
우리와 함께 망을 보자고 했네.
그 망령이 오늘 밤 다시 나타난다면
우리 말을 믿고 유령한테 말을 건네 볼 수도 있겠지.

**호레이쇼** 첫, 나오긴 뭐가 나온다고.

**바나도** 잠시 좀 앉아
우리 얘길 한 번 더 들어보게.
우리가 이틀 밤이나 보고 하는 얘기를
자네는 전혀 믿으려 하지 않으니.

**호레이쇼** 좋아, 그럼 좀 앉지.
바나도, 어디 한번 얘기 해 보게.

**바나도** 바로 어제 밤에
서쪽 하늘에 있는 바로 저 별이
지금 빛나고 있는 바로 저쯤까지 와서
빛나고 있을 때 마셀러스와 나는
한 시를 알리는 종소리를 들으면서—

유령 등장

**마셀러스** 쉿, 조용히 해. 저것 좀 봐, 또 나타났어.

**바나도** 돌아가신 왕과 똑같은 모습으로.

**마셀러스** 호레이쇼, 자넨 학자이니 말 좀 걸어 보게.[3]

**바나도** 돌아가신 왕과 똑같지 않나? 보게, 호레이쇼.

**호레이쇼** 정말 똑같군. 두렵고도 놀라운 일일세.

**바나도** 말을 걸어달라는 눈치 같은데.

**마셀러스** 물어 보게, 호레이쇼.

**호레이쇼** 너는 대체 무엇이기에 이런 야밤에
땅에 묻히신 선왕께서 전쟁터로 행군하실 때의
위풍당당한 모습을 하고
나타난 게냐? 하늘에 맹세코 명령하노니 말하라.

**마셀러스** 기분이 상했군.

**바나도** 저것 좀 봐. 그냥 가버리네.

**호레이쇼** 거기 서라. 말을 하란 말이다, 말을. 명령이다. (유령 퇴장)

**마셀러스** 그냥 가버렸어. 대답하지 않는군.

**바나도** 아니, 호레이쇼, 자네 떨고 있군. 안색도 창백하고.
우리가 헛것을 본 게 아니지?
어떻게 생각하나?

**호레이쇼** 정말, 이 두 눈으로

---

3) 당시 혼령과는 라틴어로만 소통할 수 있다고 믿었다. '학자'라는 말은 라틴어를 할 수 있다는 의미이다.

똑똑히 보지 않았다면
믿지 못했을 걸세.

**마셀러스** 선왕과 똑같지 않던가?

**호레이쇼** 자네가 자네와 똑같은 것처럼 똑같군.
선왕께서 야심만만한 노르웨이 왕과 결투하실 때
입으셨던 바로 그 갑옷일세. 찌푸린 저 표정은
협상이 깨지고 썰매를 탄 폴란드 놈들을
얼음 위에서 쳐부술 때의 표정 그대로일세.
정말 해괴한 일이군.

**마셀러스** 벌써 두 번이나 바로 이런 야밤에
우리가 보초 서고 있는데 그 앞을 당당히 걸어갔네.

**호레이쇼** 도무지 갈피를 잡을 수 없군.
하지만 내 어림짐작으로는 이건 뭔가
이 나라에 이상한 일이 벌어질 징조인 것 같네.

**마셀러스** 좋아, 잠시 앉아 누가 알거든 말 좀 해주게.
도대체 이렇게 매일 밤 삼엄한 경비를 세워
백성을 힘들게 하는 이유가 뭔가?
또 무엇 때문에 날마다 쇳물을 부어 대포를 만들고
외국에서 전쟁 물자를 사들이는 건지?
그리고 무엇 때문에 조선공들을 징발해서
일요일까지 쉴 새 없이 힘든 노역을 시키는 건지?

대체 무슨 일이 있기에 이렇게 밤낮없이
땀을 흘리며 서둘러 일하게 하는 건지
누가 이유를 알면 좀 말해 주게.

**호레이쇼** 내가 말해 주지.
적어도 소문은 이렇다네. 바로 아까
우리 앞에 나타나신 선왕에게
노르웨이의 포틴브라스 왕이
시기에 찬 야심으로
감히 도전을 해왔던 것은 자네도 알고 있을 테지.
하지만 온 세상이 다 인정하는
용감하신 햄릿 선왕께서는 그자의 목을 베셨지.
그래서 그자는 법과 결투 규칙을 근거로 만든
협약에 따라 자기 목숨과 함께 그의 땅 전부를
정복자이신 햄릿 왕에게 빼앗기고 말았네.
물론 햄릿 왕도 그에 못지않은 땅을 걸었었지.
만약 포틴브라스 왕이 이겼다면, 그 땅은
그의 차지가 되었을 테지. 바로 그 협약과
조약 사항에 따라 포틴브라스 왕의 땅은
햄릿 선왕의 것이 되었네. 그런데 최근
젊은 혈기로 가득 찬
그의 풋내기 아들 포틴브라스가

노르웨이 변경 여기저기에서
배만 채우면 무슨 짓도 할 무법자들을
끌어 모았네. 그 꿍꿍이야
우리나라 사람이면 뻔히 아는 바,
자기 아버지가 잃은 아까 말한 그 땅을
무력으로 되찾으려는 것 말고
무엇이겠는가? 내생각엔
우리가 이런 저런 준비를 하고,
이렇게 보초를 서고,
온 나라가 황급히 서두르고 난리를 치는 게
다 그것 때문일 걸세.

**바나도** 나도 그것 말고 딴 이유는 없는 것 같네. 그러고보니
우리가 보초 서는 동안 나타났던 그 예언적 존재가
예나 지금이나 전쟁의 원인인 선왕과 똑같은 모습으로
무장을 하고 나타난 것이 이해가 가는군.

**호레이쇼** 아주 작은 일도 마음을 동요시키기 마련일세.
옛날 가장 번성했던 로마에서도
가장 막강했던 시저가 쓰러지기 직전에
무덤들이 텅 비고, 수의를 걸친 시체들이
로마 거리를 소리 지르며 다녔다고 하더군.
불꼬리와 피 이슬 머금은 별들이

태양의 재앙을 예고하고, 넵튠의 제국[4]을 지배하는
젖은 별[5]도 최후의 심판일이라도 된 듯
월식으로 보이지 않았다네.
마찬가지로 무서운 사건에 알맞은 전조처럼
숙명적인 사건 전에 먼저 나타나는 전령이나
다가올 재앙을 알려주는 서막처럼
하늘과 땅이 함께
이 나라와 백성들에게 보여주고 있는 것이네.

유령 등장

가만, 저것 보게나, 또 나타났어!
박살나더라도 막아서 보겠네. (유령이 팔을 벌린다)
멈춰라, 환영아!
소리를 내거나 목소리를 쓸 줄 알거든
말해 보아라.
네게는 원을 풀어주고, 내게는 복이 될 만한
그런 좋은 일이 있거든
말해 보아라.

---

4) 넵튠, 즉 넵투누스는 로마 신화에서 바다를 관장하는 신이다. 따라서 '넵튠의 제국'이란 '바다'를 의미한다.
5) '젖은 별'이란 '달'을 가리킨다. 바다는 달의 인력으로 조수간만이 발생한다.

미리 알아서 다행히 피할 수 있는
이 나라 운명과 관계있는 일이라면
제발 말을 해 다오.
혹시 생전에 부당하게 얻은 재물을
대지의 자궁에 묻어두었다면, 너희 귀신들은
그런 것 때문에 죽은 뒤에도 지상을 헤매고 다닌다던데,
말하라, 멈춰서 말을해라. (수탉이 운다.)
마셀러스, 막아!

**마셀러스** 창으로 찔러 볼까?

**호레이쇼** 서지 않으면 찌르게.

**바나도** 옛다!

**호레이쇼** 여기도! (유령 퇴장)

**마셀러스** 사라졌어.
그래도 왕의 형상을 하고 있는데 폭력을 가하다니
우리가 잘못한 것 같네.
상처도 입힐 수 없는 공기 같은 존재한테
헛되이 가격하여 못된 짓 시늉만 낸 것 같군.

**바나도** 막 말하려는 찰나에 수탉이 울었어.

**호레이쇼** 그러자 마치 무서운 소환장이라도 받은
죄인처럼 깜짝 놀라더군. 아침의 나팔수인 수탉은
높고 날카로운 목청으로

낮의 신[6]을 깨우고, 그 경고 소리를 들으면
바다나 불, 땅, 공기 중에
떠돌던 귀신들이 모두 자기 자리로
서둘러 돌아간다는 말을 들은 적이 있네.
방금 여기 있던 그것이
그 말이 진실임을 입증해 주는군.

**마셀러스** 정말 수탉이 울자마자 사라졌어.
듣자 하니 예수님의 탄생을
축하하는 철이 다가오면
새벽을 알리는 수탉이 밤새 노래한다더군.
그래서 귀신들이 감히 밖에 나다니지를 못해
밤에도 안전하고 행성들도 해를 끼치지 못하고,
요정도, 마녀도 마법의 힘을 잃는다고 하더군.
그 정도로 성스럽고 경건한 때라는 말이지.

**호레이쇼** 나도 그리 들었고 그 말을 어느 정도 믿고 있네.
그런데 보게나, 적갈색 외투를 걸친 아침이
저기 동쪽 산마루의 이슬을 밟으면서 다가오는군.
자, 이제 보초는 그만 서고. 내가 말한 대로
우리가 오늘 밤 본 것을
햄릿 왕자님께 아뢰세. 필시

---

6) '태양'을 뜻한다.

그 망령이 우리에게는 입을 다물었지만, 왕자님께는
말을 할 걸세. 우리의 애정으로 보나 의무로 보나
왕자님께 말씀드려야 한다는 데 동의들 하는가?

**마셀러스** 그러세. 오늘 아침 왕자님을 만날 수 있는
장소를 내가 알고 있네. (퇴장)

# 1막 2장

나팔 소리. 덴마크 왕 클로디어스, 왕비 거트루드, 볼티먼드, 코넬리우스, 폴로니어스와 그의 아들 레어티즈, 검은 상복 차림의 햄릿 왕자 등 등장

**왕** 아직 돌아가신 형님 햄릿 왕에 대한 기억이
생생한 지금, 짐이 비탄에 잠기고
온 나라가 수심에 잠겨
슬퍼하는 것이 인지상정이나
그런 인정을 사리분별로 이겨내고
짐은 선왕을 깊이 추도하면서도
국왕의 본분을 잊지 않아야 했소.
그래서 한 때 형수였으나 이제 왕비요,
이 용맹한 나라의 대권을 나누어 지닌 이 분을
소위 좌절된 기쁨 속에,

한 눈엔 웃음을, 또 한 눈엔 눈물을 담고
장례식에선 축가를, 결혼식에선 장송곡을 부르며
기쁨과 슬픔이 동일한 무게를 지닌 가운데
아내로 맞았소. 이 문제에 있어
경들의 고견을 허심탄회하게 들었으며
이를 경들도 쾌히 받아들였소. 그 모든 것 감사하오.
다음은 다들 알다시피 포틴브라스 2세의 문제요.
짐의 능력이 부족하다고 생각한 것인지,
아니면 선왕의 승하로 우리나라 질서가
해이해지고 어수선해졌다고 생각한 탓인지,
그 자는 유리한 형국을 맞았다는 헛된 기대를 품고,
사신을 보내 제 아비가 합의된 협약에 의해
우리 용맹하신 형님께 빼앗겼던
영토를 반환하라고 재촉하며
과인을 괴롭히고 있소. 그는 그렇다 칩시다.
이에 짐의 입장과 오늘 회의의 요건인즉
이러하오. 짐은 노르웨이 왕에게 보내는
칙서를 썼소. 그는 포틴브라스의 숙부로,
병들어 누워 있기 때문에 조카의 야심을
잘 모르는 것 같소. 그래서 포틴브라스가
왕의 백성을 마음대로 소집해서

군사를 조직하니 그의 움직임을
저지하라고 썼소.
코넬리우스 경과 볼티먼드 경을 노르웨이 노왕에게
이 칙서를 전하도록 파견하는 바요.
노르웨이 왕과 교섭할 때
여기 명기되어 있는 이상의 재량권은
허락하지 않는 바이오.
잘 다녀오시오. 서둘러 임무를 완수해 주시오.

**코넬리어스, 볼티먼드** 맡은 바 소임을 다 하겠습니다.

**왕** 그 점에 대해서는 추호도 의심치 않소. 잘 다녀오시오.

(볼티먼드, 코넬리어스 퇴장)

자 이제, 레어티즈, 그대는 무슨 일인가?
소청이 있다고 했는데 그게 무엇이냐?
이치에 맞는 일이라면 이 덴마크 왕이
아니 들어줄 리 있겠느냐. 대체 그대의 청이 무엇이냐?
굳이 조르지 않아도 내가 먼저 들어줄 것이다.
머리와 심장이 긴밀한 관계이고,
손이 입에 유용하다 한들
이 덴마크 왕실과 그대 부친 사이만 하겠느냐?
그래, 그대 청이 무엇이냐?

**레어티즈** 황송하오나 폐하,

윤허해 주신다면 이제 프랑스로 돌아갈까 하옵니다.
폐하의 대관식에 참여하여 신하된 도리를 다하고자
기꺼이 귀국하였으나
이제 그 사명도 다했으니
마음은 이미 프랑스로 돌아가 있사옵니다.
부디 윤허하여 주십시오.

**왕** 부친의 허락은 받았느냐? 경의 생각은 어떠하오?

**폴로니어스** 예, 폐하. 자식 놈이 어찌나 졸라대는지
본의는 아니지만
할 수 없이 허락해주었습니다.
부디 자식 놈이 떠나도록 허락하여 주시옵소서.

**왕** 좋은 때를 골라 떠나도록 하거라. 시간은 그대 것.
그대 출중한 자질을 마음대로 펼치거라.
자 이제, 내 조카이자 아들인 햄릿아—.

**햄릿** (혼잣말로) 친척이기는 하나 인간 종류는 전혀 다르지.

**왕** 얼굴에 늘 구름이 덮여 있으니 어떻게 된 일이냐?

**햄릿** 아닙니다, 폐하. 오히려 태양빛이 과분하옵니다.[1]

---

1) 이 대답은 여러 의미를 담고 있는 햄릿의 말장난(pun)으로 볼 수 있다. 숙부가 구름이 덮여있다(cloud)고 말한 것에 대한 응대로 햄릿은 "I'm too much in the sun."이라 답한다. 이 말은 선왕의 죽음으로 조의를 표해야 할 궁정의 너무 밝은 분위기를 조롱하는 것일 수도 있고, sun이 흔히 왕의 상징물임을 감안할 때 숙부의 찬탈로 왕위를 주장하는 사람이 너무 많다는 비아냥일 수도 있다. 또한 왕

왕비 햄릿아. 그 어두운 상복은 그만 벗어버리고,
폐하를 좀 더 다정하게 바라보려무나.
언제까지 눈꺼풀을 내리깔고 땅 속에 묻힌
고결하신 아버님만 찾고 있을 거냐?
너도 알다시피 살아있는 건 모두 죽기 마련 아니냐?
한 세상 살다가 영원의 세계로 가는 것 아니냐?

햄릿 예, 알고 있습니다, 어마마마.

왕비 그렇다면
어째서 너만 그렇게 유별나 보이느냐?

햄릿 보이다뇨! 실제 그렇습니다. 저는 '척하는 것'과는
거리가 먼 사람입니다. 어마마마, 이 검은 외투,
전통적으로 숙연한 분위기에 잘 어울리는 상복,
억지로 내쉬는 거짓 한숨,
강물처럼 흐르는 눈물, 비통해 보이는 표정,
비애를 나타내는 온갖 형태, 분위기, 모습도
제 마음을 다 보여주지 못합니다. 이런 것들이야말로
진짜 척하는 것들입니다.
왜냐하면 그깟 연기쯤은 누구나 할 수 있으니까요.
그러나 제 가슴 속에는 비애의 겉치레뿐인
이런 것들로 표현할 수 없는 것이 있습니다.

---

의 감시의 눈길이 너무 강하다는 뜻으로도 해석이 가능하다.

**왕** 햄릿, 그토록 부친을 애도하는 네 태도는
참 아름답고 가상하다.
허나 네 부친도 아버지를 여의셨고,
네 조부 또한 아버지를 여의셨음을 알아야 한다.
남은 자는 일정 기간 동안 자식 된 도리로
상제의 슬픔을 표현해야 마땅하다. 그러나
고집스레 오래 비탄에 잠기는 것은
불경스런 고집이며, 대장부답지 못한 행동이다.
하늘의 뜻에 거역하는 완고함이며
유약한 심성과 참을성 없는 마음,
단순하고 분별없는 이해력을 드러내는 것이다.
죽음이 피할 수 없는 일이고 으레
일어나는 일임을 잘 알면서도
왜 심술궂게 그것을 받아들이기를
거부해야 하느냐? 아서라. 그건 하나님께 죄를 짓는 것이요,
망자에게도 옳지 못하고, 자연의 이치에도 벗어나는 짓이요,
이성에 지극히 반하는 짓이다. 부친의 죽음은
가장 평범한 자연 이치이고 인류 최초의 주검부터
오늘 죽은 자에 이르기까지 "이것만은 피할 수 없다"고
우리에게 소리쳐 말하지 않느냐? 제발
부질없는 슬픔일랑 이제 땅에 내던지고,

짐을 친아버지처럼 생각해다오. 내 천하에 알리거늘
너는 이 왕좌의 최우선 계승자이다.
짐은 부성이 가장 지극한 아비가 자식에게
품었던 것에 못지않은
지극한 애정을 너에게 베풀고 있다. 그러니
비텐베르크 대학에 돌아가려는 너의 의향은
짐의 뜻에 너무 어긋나는 것이다.
제발 마음을 돌려 이곳에 머무르며
즐겁고 편안한 짐의 슬하에서
나의 중신, 조카, 아들로 지내 다오.

**왕비** 어미의 기도를 헛되게 하지 마라, 햄릿.
부디 비텐베르크로 돌아가지 말고, 우리와 함께 있어다오.

**햄릿** 왕비마마 분부대로 하겠습니다.

**왕** 참으로 기특하고 갸륵한 대답이구나.
이 덴마크에서 짐과 같은 권세를 누려라. 왕비, 갑시다.
햄릿이 이렇게 선선히 응하니
기분이 좋구려. 이를 축하하는 뜻에서
오늘 덴마크 왕이 축배를 들 때마다
축포를 터뜨려 구름까지 울리도록 합시다.
그래서 하늘이 천둥소리로 왕의 주연에 대한 소문을
지상에 되울리도록 합시다. 자, 갑시다.

(나팔 소리. 햄릿만 남기고 퇴장)

**햄릿** 아, 이 더럽고 더러운 몸뚱이가
녹고 녹고 또 녹아서 이슬이나 되어 버렸으면!
아니면 하나님이 자살을 금지하는 계명을
정하지 않으셨더라면. 아, 하나님! 하나님!
세상만사가 내겐 다 지겹고, 진부하고,
시시하며 부질없구나!
역겹다, 역겨워. 이 세상은 잡초만
무성히 자란 정원, 온갖 저속하고 속된 것들만
우글거리는구나. 이렇게 되고 말다니!
돌아가신 지 겨우 두 달-, 아니 두 달도 안됐지.
참으로 훌륭하신 왕이셔서 지금 왕과 비교하면
히페리온[2]과 사티로스[3]라고나 할까. 어머니를
그토록 아끼시어 세찬 바람이 어머니의 얼굴에
부는 것조차 허락하지 않으셨지. 천지신명이여,
그런 거까지 기억해야 하나요? 어머니는
먹으면 먹을수록 더 식욕이 나듯이
아버지께 매달리곤 하셨는데, 그런데 겨우 한 달 만에-
생각을 말자- 약한 자여, 그대 이름은 여자구나-

2) 히페리온은 그리스 신화에 나오는 태양신이다.
3) 사티로스는 디오니소스의 종으로 반인반수의 괴물이다.

겨우 한 달 만에, 니오베[4]처럼 울며불며
불쌍한 아버지의 시신을 따라가던
신발이 채 닳기도 전에,
오 하나님, 사리를 분간 못하는 짐승도
이보다는 더 슬퍼했으련만 – 아버지의 동생과
결혼하다니 – 아버지 하고는
나와 헤라클레스만큼 차이가 나는
자하고. 한달도 못 되어,
거짓 눈물의 소금기로 충혈된 흔적이
눈에서 가시기도 전에 결혼하다니– 어쩌면 그리도 서둘러
근친상간의 잠자리로 달려간단 말인가!
이건 옳지 않아, 절대 좋지 못할 거다.
허나 입을 다물고 있어야 하니, 내 가슴아 터져라.

호레이쇼, 마셀러스, 바나도 등장

**호레이쇼** 왕자님, 안녕하십니까!

---

4) 그리스 신화에 나오는 탄탈로스(리디아의 시필루스의 왕)의 딸이자 테바이 암피온 왕의 부인으로서 니오베는 7명의 아들과 7명의 딸을 두었다. 그녀는 아폴론과 아르테미스 쌍둥이 밖에 자녀가 없는 레토 여신보다 아이를 많이 낳은 자신이 다복하다고 자랑하고 다녔다. 그 자만심에 대한 벌로 레토 여신의 아들 아폴론은 니오베의 아들들을 모두 죽이고, 아르테미스는 그녀의 딸들을 모두 죽인다. 자식을 잃은 고통으로 울다 바위가 된 니오베는 자식을 잃고 우는 어머니의 원형이 되었다.

**햄릿** 자네들 반갑군.
호레이쇼 아닌가. 아니면 내 정신이 어떻게 됐나?

**호레이쇼** 호레이쇼 맞습니다, 왕자님의 변함없는 종.

**햄릿** 이보게, 종은 무슨, 좋은 친구지. 난 자넬 그리 부르겠네.
그래, 비텐베르크에서 무슨 일로 돌아왔나, 호레이쇼?
아, 마셀러스.

**마셀러스** 네, 왕자님!

**햄릿** 정말 반갑네. (바나도에게) 아, 자네도 잘 있었나?
그런데 정말 무슨 일로 비텐베르크에서 돌아왔나?

**호레이쇼** 제가 원래 땡땡이 기질이 있지 않습니까?

**햄릿** 자네 원수가 그렇게 욕을 해도
곧이듣지 않을 텐데. 하물며
자네 스스로 자기 험담을 하는 그 말을
내 귀가 믿겠나? 자넨 절대 땡땡이칠 사람이 아니네.
대체 무슨 일로 엘시노어에 왔나?
여길 떠나기 전에 술고래가 되는 법이나 가르쳐 주지.

**호레이쇼** 실은 왕자님 선친 장례식에 참석하려고 왔습니다.

**햄릿** 제발 날 놀리지 말게, 친구.
어머니 결혼식을 보러왔겠지.

**호레이쇼** 정말 연이어 있었습니다.

**햄릿** 그게 다 절약이라는 걸세, 절약. 제사상 올랐던

식은 음식을 결혼식 잔칫상에 올린 게지.
그 꼴을 보느니 차라리 천당에서
철천지원수를 만나는 게 나았을 걸세, 호레이쇼.
아버님, 지금도 아버님 모습이 보이네.

**호레이쇼** 어디서 말씀입니까?

**햄릿** 내 마음의 눈에 말일세.

**호레이쇼** 저도 한 번 뵈었는데 정말 훌륭한 왕이셨습니다.

**햄릿** 어느 모로 보나 대장부셨지.
다시는 그런 분을 못 볼 것이네.

**호레이쇼** 왕자님, 실은 어제 밤에 뵌 것 같습니다.

**햄릿** 보다니? 누굴 말인가?

**호레이쇼** 왕자님의 부왕 말씀입니다.

**햄릿** 부왕을?

**호레이쇼** 잠시 진정하시고 제 얘기를
잘 들어보십시오.
여기 이 사람들이 제가 하려는
놀라운 이야기의 증인입니다.

**햄릿** 어서 얘기해보게.

**호레이쇼** 실은 마셀러스와 바나도 이 두 사람이
이틀 밤 같이 보초를 섰는데
모든 것이 잠든 적막한 한밤중에

겪은 일이랍니다. 선왕과 똑같은 모습을 한 형체가
머리 꼭대기부터 발끝까지 무장을 하고 나타나
두 사람 앞을 당당한 걸음걸이로
천천히 위풍당당하게 걸어갔답니다. 손에 쥔
단장만큼의 거리를 두고 겁에 질려 꼼짝도 못하는
두 사람 눈앞을 세 번이나 지나갔답니다. 그 동안
이 두 사람은 어찌나 무섭던지 진이 다 빠져
꿀 먹은 벙어리처럼 감히 말도 걸어보지 못했는데,
이들이 이 무서운 비밀을 제게 얘기해 주어,
저도 사흘째 밤에는 같이 보초를 섰습니다.
그랬더니 이들이 말했던 그대로 똑같은 시간에,
똑같은 형태로 혼령이 나타났습니다.
제가 선왕의 모습을 알고 있습니다만
제 이 두 손도 그렇게 똑같지는 않습니다.

**햄릿** 그게 어디서였나?

**마셀러스** 저희들이 보초를 서는 망대 위입니다.

**햄릿** 말을 걸어 보지는 않았나?

**호레이쇼** 걸어 보았습니다, 왕자님,
그러나 아무 대답 없었습니다. 다만 한 번은
고개를 들고, 뭔가
말하려는 듯 했습니다.

그런데 바로 그때 새벽닭이 요란하게 울어대자
그 소리에 놀란 듯이 황급히
저희 눈앞에서 사라져 버렸습니다.

**햄릿** 참 괴이한 일이군.

**호레이쇼** 맹세코 사실입니다, 왕자님.
저희들은 이 일을 왕자님께 아뢰는 것이
저희의 의무라고 생각했습니다.

**햄릿** 당연하지. 그런데 내 마음이 몹시 어수선하네.
오늘 밤에도 보초를 서는가?

**모두** 그러하옵니다, 왕자님.

**햄릿** 무장을 했다고?

**모두** 그렇습니다, 왕자님.

**햄릿** 머리 꼭대기부터 발끝까지?

**모두** 네, 머리부터 발끝까지요.

**햄릿** 그럼 얼굴은 보지 못했는가?

**호레이쇼** 아, 보았습니다. 투구 면갑이 들려 있었습니다.

**햄릿** 어때 보이던가, 찌푸리고 계시던가?

**호레이쇼** 성난 얼굴이라기보다는 슬픈 얼굴이었습니다.

**햄릿** 창백하던가, 혈색이 좋던가?

**호레이쇼** 아주 창백했습니다.

**햄릿** 자네를 쳐다보던가?

**호레이쇼** 예, 뚫어지게 보셨습니다.

**햄릿** 나도 그 자리에 있었더라면 좋았을걸.

**호레이쇼** 계셨더라면 무척 놀라셨을 겁니다.

**햄릿** 당연히 그랬겠지.
오래 머물러 있었나?

**호레이쇼** 보통 속도로 백을 셀 정도 동안 계셨습니다.

**마셀러서, 바나도** 더 오래일 겁니다. 더 오래에요.

**호레이쇼** 내가 봤을 때는 그렇게 오랫동안은 아니었어.

**햄릿** 수염은 희던가, 어떻던가?

**호레이쇼** 예, 생전에 뵈었던 것처럼
희뜩희뜩 했습니다.

**햄릿** 오늘 밤 나도 보초를 서겠네.
아마 또 나타나겠지.

**호레이쇼** 분명 또 나타날 겁니다.

**햄릿** 정말 선친의 모습이라면
지옥이 아가리를 벌리고 내게 입을 다물라고
명령하더라도 말을 걸어 보겠네. 다들 부탁이니
지금까지 이 일을 숨겨온 이상
앞으로도 이 일은 침묵 속에 묻어 주게나.
그리고 오늘 밤 무슨 일이 벌어지더라도
알고만 있고 입 밖에 내지 말아주게.

내 그대들의 호의엔 보답하겠네. 그럼 다들 잘 가게.
열한 시와 열두 시 사이에 망대로
가겠네.

**모두** 충성을 다하겠습니다.

**햄릿** 내가 자네들에게 그렇듯이 우애를 지켜주게. 잘 가게.

(호레이쇼, 마셀러스, 바나도 퇴장)

아버님 혼령이– 무장을 하고! 모든 게 심상치 않구나.
무슨 흉계가 있는 것 같다. 어서 밤이 왔으면.
내 영혼아, 그 때까지는 진정해라. 악행은 온 대지가
숨긴다 해도 사람들 눈에 반드시 드러나는 법이다. (퇴장)

# 1막 3장

레어티즈와 그의 누이동생 오필리어 등장

**레어티즈** 필요한 짐은 다 실었다. 그럼, 잘 있어라.
동생아, 순풍을 타고 오는
배편이 있거든 잠만 자지 말고
소식 좀 줘라.

**오필리어** 그건 염려마세요.

**레어티즈** 햄릿 왕자님이 네게 보이는 사소한 호의는
한 때의 기분이요, 젊은 객기라 여겨라.
이른 봄에 피는 제비꽃은
일찍 피지만 영원하지 않고 향기로우나 오래가지 못하니
일시적인 향기요 위안일 뿐,
그뿐이다.

**오필리어** 정말 그뿐일까요?

**레어티즈** 그뿐이라고 생각해라.
인간은 자라면서 근육과 몸집만
커지는 것이 아니라 육체가 성장하면
그 속에 깃든 마음과 정신도 함께
자라지. 지금은 햄릿 왕자님도 널 사랑하겠지.
그의 진심을 더럽히는 악의나 흉계 따위는
전혀 없을 거야. 그러나 왕자라는 지위로 인해
그 분의 의지대로 할 수 없다는 걸 명심해라.
타고난 신분의 지배를 받을 수밖에 없는 처지니까.
그러니 하찮은 사람들처럼 원하는 대로
하실 수 없을게다. 나라의 안녕과 안정이
그분의 선택에 달려 있으니
우두머리인 그가 어떤 선택을 하든
수족이라 할 백성들의 목소리와 동의에 의해
좌우되기 마련이니 그분이 널 사랑한다 말하더라도
지위가 남달라 처신도 남다른 그가
자기 말을 행동으로 옮길 수 있는 만큼만
믿는게 현명할게다. 그리고 그건
대다수 백성들의 동의를 얻는 만큼이지.
그러니 그분의 노래를 너무 믿어

마음을 빼앗기거나 아무리 조른다고 해
보배 같은 정조를 내어주게 되면,
네 평판이 얼마나 손상될 지 생각해 봐라.
그걸 조심해라, 오필리어, 내 사랑하는 동생아, 조심해.
애정의 뒤로 물러서서
정욕의 화살을 피해야 한다.
조신한 처녀는 달님 앞에 얼굴을
내놓는 것조차 부끄럽게 여겨야 하느니,
아무리 정숙해도 세상의 험담을 피하기 힘든 법이다.
봄철의 새싹은 미처 피기도 전에
벌레한테 먹히고,
청춘은 이슬 머금은 아침에
심한 독기의 피해를 입기 쉽다.
그러니 조심해야 한다. 조심하는 게 상책이야.
젊음은 누가 부추기지 않아도 스스로 배반하는 법이다.

**오필리어** 오라버니의 좋은 말씀 제 마음의 파수꾼으로
삼겠어요. 하지만 오라버니,
은총이 부족한 목사들이 그러듯
내게는 험한 가시밭길을 천당길이라 알려주고
자신은 난봉꾼처럼 환락의 꽃길 걸으며
자신의 충고를 무시하는 행동은

하지 마세요.

**레어티즈** 내 걱정은 마라.
이거 너무 오래 지체했군.

폴로니어스 등장

아버님이 오신다.
축복이 곱절이면 복도 곱절이 되겠지.
잘 됐어. 다시 한 번 작별 인사를 드리자.

**폴로니어스** 아직 여기 있냐, 레어티즈? 어서 배에 타라. 어서.
돛이 바람을 가득 안고, 다들
널 기다리고 있다. 자, 아비의 축복을 받아라.
그리고 몇 마디 훈계를 들려줄 테니, 단단히
새겨들어라. 생각을 함부로 입 밖에 내지 말고,
선부른 생각을 행동에 옮기지 마라.
남에게 다정하되 값싸게 굴어서는 안 되고,
일단 겪어보고 친구로 받아들였으면
쇠사슬로 꽁꽁 마음에 묶어 두어라.
하지만 깃털도 안 난 풋내기들을 환대하느라
손바닥만 무뎌져서는 안 된다. 시비에
휩쓸리지 말되, 부득이하게 싸우게 되면
상대방이 널 알아 모시도록 본때를 보여줘라.

누구의 말에나 귀를 기울이되 네 의견은 삼가라.
남의 의견은 받아들이되 함부로 네 판단은 말하지 마라.
옷은 지갑이 허락하는 한 사도 좋지만
괴상하게 입지 말고, 값지되 화려해서는 안 된다.
옷은 종종 그 사람의 됨됨이를 보여주고
프랑스에서는 아주 지체 높은 사람들이
이런 방면에 안목이 탁월하다고 하더구나.
돈은 빌리지도 말고 빌려주지도 말아라.
돈을 빌려주면 돈과 사람을 다 잃게 되고,
빚을 지면 절약하는 마음이 무뎌진다.
무엇보다도 네 자신에게 충실해라.
그러면 밤이 낮을 따르듯,
다른 사람에게도 충실한 사람이 될 것이다.
잘 가거라. 내 훈계가 네 마음속에서 무르익길.

**레어티즈** 아버님, 이만 떠나겠습니다.

**폴로니어스** 시간이 없다. 어서 가라. 하인들이 기다린다.

**레어티즈** 오필리어, 잘 있어. 오라비가 한 말
잊지 말고.

**오필리어** 가슴 속에 담고 자물쇠를 잠갔으니,
열쇠는 오라버니가 갖고 계셔요.

**레어티즈** 안녕. (퇴장)

**폴로니어스** 오필리어야, 오라비가 무슨 말을 하더냐?

**오필리어** 햄릿 왕자님 얘기였어요.

**폴로니어스** 오 그래, 마침 잘 상기시켜 줬다.
듣자하니 근래 햄릿 왕자님이
아주 자주 널 사사로이 찾고
너도 스스럼없이 그분의 이야기에 귀를 기울인다면서?
누가 조심하라면서 그리 귀뜸 하더라만
만약 그 말이 사실이라면
넌 내 딸이자 규방처녀에 어울리는
분별력이 없는 것 같구나.
도대체 둘이 어떤 사이냐? 사실대로 말해 봐라.

**오필리어** 아버님, 왕자님이 근래 여러 번 제게
사랑을 고백하셨어요.

**폴로니어스** 사랑이라고! 허, 이런 참! 위험한 상황을
겪어보지 못한 철부지처럼 말을 하는구나.
그래, 네가 말하는 그 애정표현이 진짜처럼 들리더냐?

**오필리어** 어떻게 받아들여야 할지 모르겠어요.

**폴로니어스** 그렇다면 내가 가르쳐 주마. 순수하지 않은
애정 표현을 진실로 받아들인다면
넌 철부지 어린애나 다름없다. 좀 비싸게 굴어라.
그렇지 않으면, 좀 돌려 말하자면

이 아비는 너 때문에 바보 취급을 받을 거다.

**오필리어** 아버님, 왕자님은 정말 진실한 태도로
구애를 하셨어요.

**폴로니어스** 진실한 태도? 됐다, 됐어.

**오필리어** 그분의 말씀이 진실이라고 하늘을 걸고
신성한 맹세를 하셨어요.

**폴로니어스** 그게 바로 바보새[1)]를 잡는 덫이라는 거야.
피가 끓어오르면 머리는 혀에게 갖은 맹세를
빌려주지. 딸아, 그런 불꽃은 휘황찬란해도
열은 없고, 맹세를 지껄이는 사이에
열도, 광채도 다 사라진다.
그걸 불이라고 착각하지 마라. 이제부터
규중처녀답게 몸가짐을 조심하고
명령하시니 따른다는 식이 아니라,
좀 도도하게 굴어라. 햄릿 왕자님은
나이도 젊고, 행동반경이 너보다
더 넓다는 것을 명심해라.
간단히 말해, 오필리어야,
그분의 맹세는 믿지 마. 남자의 맹세는

---

1) 원문에는 woodcock(누른도요새)라고 되어 있다. 이 새는 쉽게 잡히는 어리석은 새로 알려져 있다. 의미 전달을 위해 바보새라고 의역한다.

겉으로 보이는 빛깔과는 달리
불경한 속셈을 채우려고 신성한 체,
거룩한 체 해서 더 잘 속이려는
뚜쟁이 같은 거니까. 딱 잘라 말하마.
이 시간 이후로 절대
한순간도 왕자님과 노닥거리며
명예를 훼손시켜서는 안된다.
아비의 명령이니 명심해라. 그만 가봐라.

**오필리어** 아버님, 말씀대로 하겠습니다. (퇴장)

# 1막 4장

햄릿, 호레이쇼, 마셀러스 등장

**햄릿** 공기가 몹시 차구나.

**호레이쇼** 공기가 살을 에는 듯이 매섭습니다.

**햄릿** 몇 시쯤 됐을까?

**호레이쇼** 자정은 안 된 것 같습니다.

**마셀러스** 아니, 방금 열두 시를 쳤습니다.

**호레이쇼** 그래? 난 못 들었는데.
그럼 이제 유령이 나타나던
시간이 다 됐습니다.

(나팔 소리와 두 방의 대포 소리)

저건 무슨 소립니까, 왕자님?

**햄릿** 왕이 밤새 주연을 열고 있네.

술판과 춤판을 벌이고 있는 거지.
그리고 왕이 포도주 잔을 들이킬 때마다
저렇게 북을 치고 나팔을 불어서 왕의 건승을
요란하게 기원하는 결세.

**호레이쇼** 저게 관례입니까?

**햄릿** 어, 그렇다네.
허나 내 생각에는, 나도 여기서 태어나고
이런 풍습에 젖어 있지만, 이건 지키기보다
깨는 게 더 명예로운 관습이지.
여기저기서 벌어지는 저런 어리석은 술잔치 때문에
다른 나라로부터 비방과 책망을 받으니.
그들은 우리를 술고래니 돼지새끼니 하는
오명으로 부른다네. 사실 이런 관습 때문에
아무리 영광스러운 공적을 세워도
그렇게 얻은 명성의 고갱이를 다 빼앗기지.
개인들도 종종 세상에 나올 때부터
타고나는 나쁜 천성 같은 것이 있지.
인간이 제 천성을 선택하는 것이 아니니
물론 당사자의 잘못이라고 할 수는 없지만
어떤 성질이 좀 지나쳐서
이성의 방벽과 보루를 허물기도 하고,

혹은 어떤 습관이 너무 지나쳐
정도에서 벗어나게 되지.
이렇게 타고난 천성 탓이든, 운명의 별자리 탓이든
한 가지 허물의 낙인을 지닌 사람들은
다른 미덕이 지고 지순하고
무한 광대하다 해도
그 특수한 결점 때문에 타락한 존재라는
세평을 받지. 티끌만한 결점 때문에
아무리 고귀한 존재라도 세상의 악평을
받는 거고.

유령 등장

**호레이쇼** 보세요, 왕자님, 나타났습니다.

**햄릿** 천지신명이여, 우리를 보호하소서!
그대가 좋은 영령이든 저주받은 악귀이든,
천상의 영기를 가져왔든 지옥의 독기를 가져왔든,
사악한 의도로 왔든 자비를 베풀러 왔든
그렇게 궁금한 형상으로 나타났으니
내 그대에게 말을 걸겠소. 내 그대를 덴마크 햄릿 왕이자,
아버님이라고 부르겠소. 오 대답해 보시오!
답답해서 이 가슴속이 터지게 하지 말고

어찌하여 죽어 예법대로 묻은 시체가
수의를 찢고 나타났고, 그대를 편안히
모신 무덤이 어찌하여 그 육중한
대리석 뚜껑을 열어 그대를 다시
뱉어 놓았는지 말해 주시오. 죽은 몸이
이렇게 완전 무장을 하고,
어스름한 달빛 아래 다시 나타나서
이 밤을 이렇게 끔찍하게 만들고 자연의 노리개인
인간의 지혜로는 풀지 못할 문제를 던져
우리의 간담을 서늘하게 하는 곡절이 무엇이오?
말해 보시오, 도대체 무슨 일이오? 어쩌란 말이오?

(유령이 햄릿에게 손짓을 한다)

**호레이쇼** 왕자님께만 할 무슨 비밀 얘기라도
있다는 듯이 따라오라고
손짓하는데요.

**마셀러스** 아주 정중한 태도로
좀 더 외진 곳으로 가자고 손짓하는군요.
하지만 따라가지 마십시오.

**호레이쇼** 가시면 절대 안 됩니다!

**햄릿** 여기선 말할 것 같지 않아. 그러니 따라가 봐야겠어.

**호레이쇼** 안됩니다, 왕자님.

**햄릿** 왜? 무서워 할 게 뭐 있나?
난 이 목숨을 바늘만큼도 소중히 여기지 않고
내 영혼이야 영원한 것이거늘
저것이 그것에 무슨 해를 입힐 수 있겠는가?
또 손짓을 하는군. 따라가겠어

**호레이쇼** 왕자님, 격류가 있는 곳이나 바다에 불쑥 튀어나온
무서운 절벽 같은 곳으로
데려가면 어쩌시려고요?
거기서 느닷없이 끔찍한 괴물로 변해
왕자님의 이성의 힘을 빼앗고 미치게 만들면
어쩌시려고요? 생각해 보십시오.
절벽 위에서 천길만길 아래 바다가 내려다보이고
성난 파도 소리가 들리는 곳에 있으면
사람은 아무이유도 없이
절망의 노리개가 되는 법입니다.

**햄릿** 계속 손짓 하는군.
어서 앞장서시오. 따라갈 테니.

**마셀러스** 못가십니다, 왕자님.

**햄릿** 이 손 놓아라.

**호레이쇼** 진정하십시오. 가시면 안 됩니다.

**햄릿** 내 운명이

내 몸의 핏줄이란 핏줄을 네메아 사자[1]의
힘줄처럼 굳세게 만들며 부르고 있어.
저렇게 부르지 않는가. 이보게들, 놓게.
맹세코 나를 막는 자는 혼귀로 만들어 버릴 테다.
비키라고 – 어서 가시오.. 따라갈 테니.

(유령과 햄릿 퇴장)

**호레이쇼** 헛것에 홀려서 넋이 나가셨어.

**마셀러스** 따라가 보세. 왕자님이 시키는 대로 할 수는 없네.

**호레이쇼** 따라가 보세. 도대체 일이 어떻게 되려나?

**마셀러스** 이 나라는 뭔가 썩어 있어.

**호레이쇼** 모든 걸 하늘에 맡길 수밖에.

**마셀러스** 아무튼 따라가 보세. (퇴장)

---

1) 그리스 신화에서 네메아 골짜기에 출몰하는 괴물로 헤라클레스가 죽인다.

# 1막 5장

유령과 햄릿 등장

**햄릿** 어디로 데려가는 거요? 말을 하시오. 더는 가지 않겠소.

**유령** 내 말을 잘 들어라.

**햄릿** 알겠소.

**유령** 유황불 이글거리는
고통스런 화염으로 돌아갈 시간이
다 되어간다.

**햄릿** 아, 불쌍한 원혼 같으니!

**유령** 가엽다고 생각 말고 내가 하는 말을
똑똑히 듣거라.

**햄릿** 말하시오, 잘 들을 테니.

**유령** 내 말을 듣고 원수를 갚아다오.

**햄릿** 뭐라고요?

**유령** 난 네 아비의 원혼이다.
얼마 동안 밤이 되면 돌아다니다가,
낮에는 생전에 저지른 더러운 죄악들이
정화될 때까지 연옥의 불길에
갇혀 있어야 한다. 저승의 비밀을 말하는 것이
금지되지만 않았다면 그곳에 관해
아주 사소한 이야기라도 한 마디만 말한다면
네 얼은 나가고, 젊은 피는 얼어붙고
두 눈알은 유성처럼 네 눈에서 튀어나오고,
묶였던 너의 머리타래도
성난 고슴도치의 가시처럼
한 올 한 올 곤두설 것이다.
그러나 저승의 비밀은 산 자의 귀에는
들려줄 수 없다. 들어라, 오 제발 내 말을 들어다오.
네 아비를 사랑했다면—.

**햄릿** 아, 하나님!

**유령** 악랄하고 패륜적인 살인에 대해 복수해다오.

**햄릿** 살인이라고!

**유령** 흉악하지 않은 살인이 있겠냐마는
이건 가장 사악하고, 기괴하고, 패륜적인 살인이다.

**햄릿** 어서 얘기를 하시오. 사랑하는 마음만큼
빨리 원수를 갚으러
날아가겠소.

**유령** 암, 그래야지.
내 얘기를 듣고도 떨쳐 일어나지 않는다면
저승에 흐르는 레테[1]의 강변에 편히 뿌리내리고 있는
무성한 잡초보다도 더 둔한 것이지. 잘 들어라, 햄릿.
세상에는 내가 정원에서 잠을 자다가 독사에게
물려 죽었다고 알려져 있다. 그렇게 이 나라 백성들은
내 죽음에 대해 엉터리로 꾸민 말에
감쪽같이 속고 있다. 하지만 햄릿,
네 아비의 목숨을 앗아간 그 독사가
지금 왕관을 쓰고 있다.

**햄릿** 아, 내 예감이 맞았군! 역시 숙부가!

**유령** 그렇다. 근친상간의 간음을 저지른 짐승 같은 놈이
요술 같은 꾀와 간악한 재주로 —
오, 얼마나 사악한 꾀요, 유혹하는 힘을
지닌 간계이냐!— 더없이 정숙해 보이던
왕비의 마음을 꾀어

---

1) 그리스 신화에서 망자가 저승으로 가려면 건너야 하는 강. 이 강물을 마시면 이승의 일을 전부 잊는다고 해서 '망각의 강'이라고 한다.

수치스러운 그의 음욕을 채웠다.
아, 햄릿, 어찌 그리도 타락할 수 있단 말이냐?
결혼식 때 했던 백년가약의 맹세대로
한결 같이 사랑을 지켜온 나를 저버리고,
그 천성이 나와 비교해 그토록 비열한 위인의
품에 안기다니.
진정 정숙한 자는 음탕함이 천사의 모습을 하고
유혹해도 흔들리지 않거늘, 음탕한 여자는
빛나는 천사와 배필이 되어,
천상의 잠자리에서 실컷 누리고도
쓰레기를 탐하는 법이다.
그런데 잠깐, 벌써 새벽 공기가 느껴지는구나.
간단히 이야기하마. 그 날 오후에
늘 하던 버릇대로 왕궁 정원에서 잠을 자면서
방심하고 있는데 네 숙부가
흉악한 독약이 든 병을 들고 몰래 다가와
그 문둥병 독약을 내 귀에
쏟아 부었다. 그 독약은
사람의 피와는 상극이라
수은과 같이 삽시간에
사람의 온 몸 구석구석에 퍼져

우유 속에 식초 한 방울이 떨어질 때처럼
묽고 건강한 피를 순식간에 굳게 만든다.
내 피도 그리 되어 순식간에
징그럽고 소름끼치는 부스럼들이
매끈하던 나의 온몸에
문둥병자처럼 솟아났다.
이렇게 나는 낮잠을 자다가 아우의 손에
내 목숨과 왕관과 왕비를 한꺼번에 빼앗겼다.
내 죄업의 꽃이 무성한 때에 목숨이 끊겨
성체 성사도, 고해성사도 하지 못하고
임종의 기름조차 바르지 못한 채, 온갖 죄상을
이마에 붙인 채 저승의 심판대로 끌려가고 말았다.
아, 무섭고도 정말 끔찍하다!
네게 천륜의 정이 있거든 참아선 안 된다.
덴마크 왕의 침상을 음욕과 근친상간의
자리로 버려두지 마라.
그러나 아무리 복수를 행하더라도
네 어머니를 해칠 생각으로 네 마음을 더럽히지 말고,
어떤 궁리도 하지 마라. 네 어미는
하늘의 뜻에 맡기고, 자기 양심의 가시에
찔리도록 내버려 두어라. 그럼 잘 있어라.

반딧불이 희미해지는 걸 보니
날이 새는 모양이다.
잘 있거라, 잘 있어. 이 아비를 기억해다오.

**햄릿** 아 천군천사여! 땅이시여! 또 무엇 있나?
지옥까지 불러내볼까? 아니, 정신을 차려야지, 정신을.
내 몸의 힘줄들아, 순식간에 약해져선 안 된다.
나를 꼿꼿이 지탱해 다오. 기억하라고?
불쌍한 원혼이여! 이 어수선한 머릿속에
자리가 남아 있는 한 그러지요. 기억하라고?
그러리다. 앞으로 내 기억의 목차에서
하찮은 기억들, 책에서 읽은 금언,
젊은 시절 머릿속에 새겨두었던
모든 형상과 인상일랑 싹 지워버리고
오직 그대의 명령만을
이 머릿속 수첩에 간직해 천박한 것들과
섞이지 않게 할 것이요. 맹세코 그리 하죠!
오, 참으로 사악한 여인!
오, 얼굴에 미소 띠고 있는 천하의 악당 같으니!
그래, 수첩에 적어 둬야겠다.
아무리 미소를 짓고, 또 짓더라도 악당일 수 있다고.
적어도 덴마크에서는 분명 그럴 수 있지.

숙부, 그대가 바로 그런 자요. 내 좌우명은 이제
'잘 있거라, 잘 있어, 부디 이 아비를 기억해 다오' 이다.
내 그리 맹세했다.

호레이쇼와 마셀러스, 햄릿을 부르며 등장

**호레이쇼** 왕자님, 왕자님.

**마셀러스** 햄릿 왕자님.

**호레이쇼** 하나님, 왕자님을 보호해 주소서.

**햄릿** (방백으로) 아무렴, 그렇고말고.

**마셀러스** 왕자님, 왕자님, 어디 계십니까?

**햄릿** 어이, 어이, 여길세, 여기!

**마셀러스** 왕자님, 괜찮으십니까?

**호레이쇼** 도대체 무슨 일입니까, 왕자님?

**햄릿** 엄청난 일일세!

**호레이쇼** 오, 왕자님, 말씀 해 주십시오.

**햄릿** 안 되지. 폭로하면 어쩌려구?

**호레이쇼** 절대 입을 열지 않겠습니다, 왕자님.

**마셀러스** 저도요, 왕자님.

**햄릿** 정 그렇다면, 도대체 사람이 그런 일을 상상이나 할 수
있을까?— 그런데 비밀을 지키겠나?

**두 사람** 네, 하늘에 두고 맹세하겠습니다.

**햄릿** 덴마크의 악당들은 하나같이
극악무도한 악당이라네.
**호레이쇼** 겨우 그런 말을 하려고 유령이 무덤에서
나올 리가 있겠습니까?
**햄릿** 하긴 자네 말이 맞네.
그러니까 더 이상 주절주절 말할 필요 없이
이제 서로 악수나 하고 헤어지는 게 좋을 것 같네.
자네들도 자기 할 일과 하고 싶은 일이나 신경 쓰고—
누구나 각자 할 일과 하고 싶은 일이
있는 법이니. 변변찮은 나도 그렇고.
가서 기도나 드려야겠네.
**호레이쇼** 갈팡질팡 갈피를 못 잡을 말씀만 하십니다, 왕자님.
**햄릿** 기분을 상하게 해서 정말 미안하네.
진심으로.
**호레이쇼** 기분이 상한 건 아닙니다.
**햄릿** 맹세코 기분 상할 일이 있네,[2] 호레이쇼,
그것도 아주 심히 말일세. 아까 그 유령은
진실된 것이네. 내 그것만은 분명히 해 두지.

---

2) 여기서 셰익스피어는 offend/offence의 다의성을 이용하여 말장난을 하고 있다. 햄릿이 호레이쇼에게 말할 때는 '기분 상하게 하다'라는 뜻이었지만 햄릿이 두번째 offence를 사용할 때는 '범죄(위법행위)'라는 뜻으로 사용하고 있다.

유령과 무슨 얘기를 했는지에 대해서는
묻지 말아 주게. 그리고 친구들,
친구로서, 그리고 학자이자 군인으로서
내 작은 부탁 하나만 들어주게.

**호레이쇼** 무슨 부탁이신데요? 들어드리고말고요.

**햄릿** 오늘 밤 본 것에 대해 절대 입 밖에 내지 말아 주게.

**두 사람** 절대 말하지 않겠습니다, 왕자님.

**햄릿** 아니, 맹세하게.

**호레이쇼** 맹세코 아무에게도 말하지 않겠습니다, 왕자님.

**마셀러스** 저도 맹세하겠습니다, 왕자님.

**햄릿** 이 칼에 대고 맹세하게.

**마셀러스** 이미 맹세했습니다, 왕자님.

**햄릿** 자, 이 칼에 대고 다시 하게.

**유령** (무대 아래에서 유령이 소리친다) 맹세하라!

**햄릿** 허 허, 유령 양반! 그대도 그리 말하오? 거기 계시오?
자, 자네들 유령이 땅 속에서 하는 소리 들었지?
어서 맹세 하게나.

**호레이쇼** 맹세할 문구를 알려 주십시오, 왕자님.

**햄릿** 오늘 밤 본 것을 절대로 발설하지 않겠다고
이 칼에 대고 맹세 하게.

**유령** 맹세하라. (호레이쇼, 마셀러스 맹세한다)

**햄릿** 진짜 신출귀몰하는군! 어디 자리를 한번 옮겨볼까?
이보게들, 이리들 와서
그대들의 손을 내 칼 위에 얹고
내 칼에 대고 맹세하게.
자네들이 본 것을 절대 누설하지 않겠다고.

**유령** 그 칼에 대고 맹세해라. (호레이쇼, 마셀라스 맹세한다)

**햄릿** 지당하오, 두더지 영감! 땅 속을 잘도 뚫고 다니는군.
참 대단한 땅꾼이구먼! 다시 한 번 자리를 옮겨보세, 친구들.

**호레이쇼** 거, 참으로 괴이한 일이군요.

**햄릿** 그러니까, 그를 낯선 손님으로 환대해주게.
호레이쇼, 이 세상에는 우리네 철학으로는
도저히 상상도 못할 일이 허다하다네.
그건 그렇고,
이리 와서 아까처럼 절대 않는다고 맹세하게.
난 지금부터 미친 척하는 게
좋겠다고 생각하니
내가 아무리 망측스러운 행동을 해도
그럴 때 자네들이 날 보더라도
이렇게 팔짱을 끼거나, 이렇게 머리를 저으면서
아주 애매한 말투로
'우리가 좀 알지.'라든가, '물론 원하면 말해줄 수도 있지.'

아니면 '말을 해줄만한 사람을 들자면', '있긴 있지' 따위의
애매한 말을 해서, 나에 대해 뭔가 알고 있는
척하지 않겠다고 맹세하게.
그럼 정말 필요할 때 은총과 자비를 받을걸세.

(호레이쇼, 마셀러스 맹세한다)

**유령** 맹세하라.

**햄릿** 진정하시오, 진정해, 애끓는 원귀여! 그럼, 두 사람,
그대들에 대한 내 애정으로 부탁하네.
비록 햄릿이 가련한 처지이긴 하지만,
신의 뜻인 한 애정과
신의를 그대들에게 베풀겠네. 자, 이제 가세.
다시 한 번 부탁하지만, 입을 봉해주게!
세상은 지금 나사가 풀려 엉망진창이네. 이 무슨
저주받은 운명인가! 하필 내가 그걸 바로잡아야 하다니!
자, 가세. (퇴장)

# 2막 1장

늙은 폴로니어스, 하인 레이날도와 함께 등장

**폴로니어스** 이 돈과 편지를 그 애에게 갖다 줘라, 레이날도.

**레이날도** 네, 나리.

**폴로니어스** 가서 아주 잘해야 한다.
레어티즈를 만나보기 전에 그 애의 행실을
먼저 알아보라구.

**레이날도** 네, 나리, 그럴 생각이었습니다.

**폴로니어스** 좋아, 잘 생각했다. 아주 잘 생각했어. 자, 들어 봐라.
우선 지금 파리에 어떤 덴마크 인들이 있는지
어떤 사람들이, 어떻게 생활하고, 수입은 어떻고,
어디서들 모이고, 어떤 무리들이며, 씀씀이는 어떤지 알아봐.
이렇게 빙빙 돌려 물어보다가

내 아들을 알거든, 그애에 관한 구체적인 질문들로
알아낼 수 있는 것보다 더 깊숙이 알아낼 수 있을거다.
가령 '그 사람 아버지와 친구들을 알고,
당사자도 좀 알죠.' 라고 하면서 그 애에 대해
조금 아는 척하는 거야. 알겠느냐, 레이날도?

**레이날도** 네, 잘 알겠습니다, 나리.

**폴로니어스** '그 사람 좀 알기는 하지만, 잘은 모릅니다.
하지만 그 사람이 맞다면 이러저러한 고약한
버릇이 있죠' —이런 식으로 내키는 대로 날조한
거짓말을 해보거라. 다만 그 애 체면을 해칠
심한 말을 해서는 안 된다. 이 점은 명심해라.
허나 자유분방한 젊은이에게 으레 따라다니는
방탕하거나 난잡한 행동처럼 일상적인 과실쯤은
상관없다.

**레이날도** 노름 같은 것 말씀이시죠, 나리?

**폴로니어스** 그렇지! 아님
음주, 검투, 욕질, 싸움질, 계집질 같은 건 말해도 된다.

**레이날도** 나리, 계집질은 좀 체면이 깎이지 않을까요?

**폴로니어스** 절대 아냐, 어떻게 말하냐에 따라 달라지니까 괜찮아.
하지만 다른 스캔들을 덧붙여
난봉꾼으로 만들어선 안 된다.

그건 내 뜻이 아니니. 하여튼 그 애 험담을
교묘하게 해서
자유분방한 청년이 억제되지 않은
왕성한 혈기 때문에 저지른 실수처럼 보이게
말하란 얘기다.

**레이날도** 하지만, 나리—

**폴로니어스** 도대체 왜 그렇게 해야 하냐고?

**레이날도** 네 나리, 그 이유를 알고 싶습니다.

**폴로니어스** 좋아. 내 취지를 설명해주지.
이건 정당한 술책이라고 생각하는데
자라면서 생겨난 작은 결점이라도 되는 냥
내 아들에 대해 사소한 흠을 잡으면
분명 네 얘기 상대가
자네가 앞에서 흠이 있다고 말한 젊은이가
그런 짓을 하는 걸 본 적이 있다면
아마 네 말에 이런 식으로 맞장구를 칠거다.
'맞습니다, 나리!'라든가, '형씨 말이 맞소.'라든가
'신사양반 말씀이 맞습니다' 하고 말이야.
그 사람의 신분이나 출신 지방에 따라 표현이나
호칭은 조금씩 다르겠지만 말이야.

**레이날도** 그럴 테지요, 나리.

**폴로니어스** 그러면 그 상대는 말이야— 에에,— 그 자는—내가 무슨 말을 하려다 말았느냐? 분명 뭔가 말하려고 했는데. 내가 어디까지 말했냐?

**레이날도** '이런 식으로 맞장구를 칠거다'까지요.

**폴로니어스** '맞장구를 칠거다'... 아, 그렇지!
상대는 이렇게 맞장구 칠거다. '그 사람 아는데요.
어제도 봤어요' 아니면 '전에 봤어요'라든가
이러저러한 때에, 이런저런 사람과 '댁의 말대로
노름을 하고 있더군요', '술독에 빠져 있더군요'
'테니스를 치다가 말다툼을 하더군요'라든가
아님 '영업집에 들어가는 걸 보았습니다'
색시집 말이다. 아무튼 그런저런 얘기를 할게다.
자, 이게 바로
거짓 미끼를 던져서 진실이라는 잉어를 낚는 거다.
이렇게 지혜와 이해력을 갖춘 우리 같은 사람들은
옆길로 에둘러서
간접적인 사실로 진실을 알아내는 법이야.
이렇게 내가 가르쳐준 방법대로 내 아들에 대해
알아낼 수 있을게다. 알아들었느냐 못 알아들었느냐?

**레이날도** 알아들었습니다, 나리.

**폴로니어스** 그럼, 다녀오너라.

**레이날도** 네, 나리.

**폴로니어스** 네 눈으로 직접 아들의 동향을 살펴보기도 하고.

**레이날도** 그러겠습니다, 나리.

**폴로니어스** 실컷 제멋대로 놀게 해두고서 말이야.

**레이날도** 잘 알겠습니다, 나리. (퇴장)

오필리어 등장

**폴로니어스** 잘 다녀와라. 얘, 오필리어야, 무슨 일이냐?

**오필리어** 아, 아버님. 아버님, 너무 무서웠어요.

**폴로니어스** 도대체 뭐가 말이냐?

**오필리어** 제 방에서 바느질을 하고 있는데,
햄릿 왕자님이 윗도리 앞섶을 풀어헤치고,
모자도 쓰지 않은 채, 더러운 양말은
대님이 풀어져서 발목에 차꼬처럼 차고,
입고 계신 셔츠처럼 창백한 얼굴로 두 무릎은 벌벌 떨면서
마치 지옥에서 방금 풀려나와
뭔가 무서운 얘기를 들려주려는 듯한
가련한 표정으로 제 앞에 나타나셨어요.

**폴로니어스** 사랑 때문에 정신이 이상해진 게냐?

**오필리어** 모르겠어요. 아버님.
허나 정말 그럴까 두렵습니다.

**폴로니어스** 무슨 얘길 하시더냐?

**오필리어** 제 손목을 잡고는 저를 꼭 안으셨습니다.
그러더니 한 팔쯤 뒤로 물러서서
다른 한 손은 이마에 올리고
제 얼굴을 그리기라도 하실 듯 유심히
들여다보셨습니다. 한참 그러고 계시더니
이윽고 제 팔을 가볍게 흔들고,
머리를 이렇게 세 번 끄덕이시더니,
어찌나 가엽고 깊게 한숨을 쉬시던지
그 분의 온몸이 부서지고, 숨이 끊길 것
같았습니다. 그러고는 절 놓아주시고
어깨 너머로 절 쳐다보시면서
앞도 보지 않은 채
문 쪽으로 걸어 나가셨습니다.
끝까지 제 얼굴에서 눈을 떼지 않으셨습니다.

**폴로니어스** 자, 나랑 같이 국왕 폐하를 뵈러 가자.
이것이 바로 사랑의 열병이라는 거다.
인간의 심성을 못 쓰게 만드는 온갖 열정이
다 그렇지만, 이 증상이 심해지면
스스로 몸을 망치고 극단적인 일을
저지르게 된다. 유감이구나.

그런데 근래 왕자님께 무슨 심한 말이라도 했느냐?

**오필리어** 아뇨, 다만 아버님 분부대로
왕자님 편지를 받지 않고, 찾아오시지 못하게
했습니다.

**폴로니어스** 그래서 실성한 게로구나.
유감이다. 내가 좀 더 주의 깊게 분별해서 그 분을
살펴보지 못한 것이. 왕자님의 일시적인 열정이
널 망칠까봐 걱정했는데. 내 의심 탓이다!
정말 우리 나이가 되면 이렇게
지나치게 걱정하는 법이다.
젊은이들이 신중하지 못한
것처럼. 자, 국왕 폐하께 가자꾸나.
폐하께 이 사실을 알려야한다. 이 사실을 감췄다간
아뢰어서 노여움을 사는 것보다 더 큰 화가 닥칠지도 모른다.
가자. (퇴장)

# 2막 2장

나팔 소리. 왕과 왕비, 로젠크랜츠, 길덴스턴, 시종들 등장

**왕** 어서 오너라, 로젠크랜츠, 길덴스턴.
오래 전부터 그대들을 보고 싶었는데
이번에 그대들이 수고할 일이 있어
이렇게 급히 불렀느니라. 그대들도 왕자가
완전히 다른 사람이 되었다는
얘기는 들어서 알겠지. 겉모습도, 생각하는 것도
이전과는 완전히 딴판이라 내 이렇게 말하는 것이다.
그렇게까지 정신이 이상해진 것이
선친을 여읜 것 빼놓고 달리
무슨 연유 때문인지 모르겠구나.
그대들은 어려서부터 왕자와 함께 자라

젊은 시절 그의 품행을 가까이서 보았을 터이니
부디 잠시 이 궁에 머물면서
왕자에게 즐거운 놀이도 권하고,
기회가 닿는 대로
우리가 모르는 무엇이
그를 괴롭히고 있는지 좀 알아봐 다오.
그걸 알아내면 치료 방도도 생기지 않겠느냐.

**왕비** 햄릿이 그대들 얘기를 많이 했네.
두 사람처럼 햄릿이 아끼는 친구가
어디 있겠나? 그러니 부디
잠시 이곳에서 우리와 함께 지내는
호의를 베풀어 주게.
우리의 바람대로 해주면
국왕께서 잊지 않고 합당한 보상을
하실 터이니.

**로젠크랜츠** 두 분 전하께서
절대권능으로 지엄하신 뜻을
부탁하시기 보다 명령하심이
마땅하옵니다.

**길덴스턴** 소신들은
두 분 발 아래 엎드려

몸과 마음을 다 바쳐
분부 받들겠습니다.

**왕** 고맙네. 로젠크랜츠, 길덴스턴.

**왕비** 고맙소, 길덴스턴, 로젠크랜츠.
그러면 두 사람은 당장 너무 변해버린 내 아들을
만나주게. 여봐라, 누가
이 두 사람을 햄릿 왕자 있는 데로 모시도록 하라.

**길덴스턴** 저희들이 머무르며 충성하는 것이 왕자님께
도움이 되길 기원하옵니다.

**왕비** 아멘.

(로젠크랜츠와 길덴스턴, 시종과 퇴장)

폴로니어스 등장

**폴로니어스** 사신들이 노르웨이로부터 좋은 소식을 갖고
돌아왔습니다, 폐하.

**왕** 경은 언제나 기쁜 소식만 가져오는구려.

**폴로니어스** 그렇습니까, 폐하? 진정 소신은
하나님과 폐하께 전심전력
의무를 다하고 있습니다.
그런데 소신이 햄릿 왕자님 광기의
진짜 원인을 알아낸 것 같습니다.

만약 소신의 짐작이 틀렸다면 소신의 머리가
예전처럼 국정의 흐름을 제대로 좇지 못할 것이옵니다.

**왕** 어서 말해 보시오. 참으로 궁금하니.

**폴로니어스** 먼저 사신들을 들라 하십시오. 소신의 얘기는
맛있는 식사 뒤의 좋은 후식이 될 것이옵니다.

**왕** 그럼 경이 가서 사신들을 환영하고 들게 하시오.

(폴로니어스 퇴장)

사랑하는 왕비, 폴로니어스 재상이
햄릿이 실성한 진짜 원인을 알아냈다는구려.

**왕비** 선친의 죽음과 우리의 갑작스러운 결혼 외에
무슨 다른 원인이 있겠습니까?

**왕** 어쨌든 일단 들어봅시다.

폴로니어스, 볼티먼드, 코넬리우스 등장

어서 오시오, 경들.
볼티먼드, 우방 노르웨이 왕의 회답은 뭐요?

**볼티먼드** 전하의 친서와 요구 사항에 대하여
지극히 우호적인 답변을 보냈습니다.
즉시 사람을 보내 조카의 모병을
중단시켰습니다. 노르웨이 왕께서는
그것이 폴란드 원정군을 준비하는 것으로 알았으나

좀더 조사해본 결과 전하를 공격하려는 것이었음이
드러났습니다. 이에 노르웨이 왕은 자신이 노쇠하고 무력하여
감쪽같이 속았다고 원통해하며 포틴브라스
체포 명령을 내렸습니다. 이에 포틴브라스는 즉각 복종하여,
노르웨이 왕에게 질책을 들은 뒤 결국
차후 다시는 폐하께 무력도발을
하지 않으리라고 숙부 앞에서 맹세했습니다.
이에 연로한 노르웨이 왕은 아주 흡족해하며
연금 삼천 크라운을 포틴브라스에게 내렸고,
이미 모병한 군사들은 폴란드 원정에 써도 좋다고
허락했습니다. 이와 관련해 노르웨이 왕께서 한 가지
청하셨는데 자세한 것은 여기 적혀 있습니다.

(칙서를 전한다)

앞서 말한 군사들이 덴마크 영토를 무사히
지나갈 수 있도록 윤허해 주시길 바라셨습니다.
안전 보장과 허용 범위 등에 대해서는
이 칙서에 씌어 있습니다.

**왕** 참 잘 되었소.
이건 차분히 생각할 수 있을 때에 읽어보고
신중하게 고려해본 뒤 회답을 하겠소.
경들의 노고에 감사하오. 이제 그만

물러가서 쉬도록 하시오. 밤에 환영 잔치를 열겠소.
경들의 귀국을 진심으로 환영하오!

(볼티먼드와 코넬리어스 퇴장)

**폴로니어스** 이 일은 잘 마무리되었습니다.
폐하, 그리고 왕비 전하, 대체
왕권이란 무엇이며, 신하의 의무란 무엇이며,
낮은 왜 낮이고, 밤은 왜 밤, 시간은 왜 시간인지
따지는 것은 밤, 낮, 시간을 허비할 뿐입니다.
따라서 간결은 지혜의 정수요,
장황함은 군더더기 팔다리요, 겉치레에 불과하니
간단히 아뢰겠습니다. 두 분의 아드님은 실성하셨습니다.
실성했다는 표현 말고는 진정 실성한 것에 대해
달리 정의할 방법이 없어 그렇게 부르겠습니다.
그건 그렇다 치고.

**왕비** 기교는 그만 부리고 핵심을 말하세요.

**폴로니어스** 왕비마마, 절대 기교는 부리지 않겠습니다.
왕자님이 실성한 건 사실입니다. 그것이 사실이라  유감이며,
유감스럽게도 그건 사실입니다. 어리석은 말재주는—
그만두겠습니다. 제겐 그런 재주가 전혀 없으니까요.
왕자님이 실성했다는 것은 인정합시다. 이제 남은 문제는
이러한 결과의 원인,

아니 이런 결함의 원인을 찾는 일입니다.
이러한 결함에는 반드시 이유가 있을 테니까요.
이것이 남은 문제요, 남은 문제는 이렇습니다.
잘 생각해 보십시오.
소신에겐 출가 전까지는 소신의 것인 딸이 있사온데
그 애가 자식 된 도리와 순종심에서, 보십시오,
이걸 제게 주었습니다. 잘 듣고 판단해 보십시오.
(편지를 읽는다) *천사 같은 내 영혼의 우상, 더없이 미화(美化)된 오필리어여...* 어설픈 표현이군. 유치하기 짝이 없어. '미화된'이라니...좋지 못한 문구이군. 하여튼 계속 들어 보십시오—
*당신의 아름답고 흰 가슴 속에 이 사연을 운운...*

**왕비** 이 편지를 햄릿이 오필리어에게 보냈다구요?

**폴로니어스** 왕비마마, 잠시 기다리시면 다 읽어 드리겠습니다.
*밤하늘 별들이 타오르는 것을 의심하오.*
*태양이 움직이는 것을 의심하오.*
*설혹 진리를 거짓이라 의심하오.*
*허나 내가 당신을 사랑하는 것만은 의심 마오.*
*오 사랑하는 오필리어여, 난 이런 시구에 서툴다오. 그래서 이 사모의 정을 시로 읊을 재간이 없소. 허나 그댈 정녕 사랑하오. 그것만은 믿어 주오. 그럼 안녕.*
*육신이 내 것인 동안은 그지없이 사모하는*

*그대에게 이 몸을 바친 햄릿으로부터*

이 편지를 딸애가 제게 순순히 보여 주었습니다.
뿐만 아니라 햄릿 왕자님께서 언제, 어디서
어떤 방법으로 사랑을 속삭였는지도
죄다 제게 실토하였습니다.

**왕** 그래, 경의 딸은 햄릿의 사랑을 어떻게 받아들였소?

**폴로니어스** 폐하, 신을 어떻게 생각하십니까?

**왕** 그대는 충직하고 훌륭한 사람이지.

**폴로니어스** 실로 그렇다는 걸 증명하고 싶습니다. 하오나 폐하께서
어떻게 생각하실지 모르겠지만
소신이 이처럼 뜨거운 사랑의 날갯짓을 보았을 때—
아뢰옵기 황송하오나 딸애가 일러주기 전부터
눈치 채고 있었습니다만— 폐하, 그리고 왕비마마,
만약 소신이 중매쟁이 노릇을 했다거나
벙어리나 귀머거리처럼 모른 척 했다거나,
아니면 그 사랑을 강 건너 불 보듯 방관했다면—
소신을 어떻게 생각하셨겠습니까? 안될 일이지요.
소신은 곧바로 손을 써 딸애를 타일렀습니다.
"햄릿 왕자님은 너하고는 맺어질 수 없는 분이시니
이 사랑은 허락할 수 없다." 그러고 나서는 딸에게
앞으로는 햄릿 왕자님이 출입하는 곳을 피하고,

심부름 온 사람도 들이지 말고, 사랑의 선물도 사절하라고 훈계
했습니다.
그러자 제 딸애는 제 훈계대로 실행했습니다.
이렇게 거절당한 왕자님은 간단히 말씀드리자면,
슬픔에 잠겨 식음을 전폐하시더니
그다음엔 잠을 못 이루시다 심신이 쇠약해지고,
기가 허해지는 등 이렇게 점점 쇠약해지시더니
우리가 다 같이 슬퍼하는 것처럼 저렇게
실성하시게 되셨습니다.

**왕** 왕비는 어떻게 생각하오?

**왕비** 있을 법한 일인 것 같습니다. 아주 그럴듯하네요.

**폴로니어스** 지금까지 소신이 '이건 이렇습니다' 단언한 것이
사실 그렇지 않았던 적이 단 한 번이라도 있었는지
진정 알고 싶습니다.

**왕** 내 알기론 없었소.

**폴로니어스** 소신이 말한 것이 사실과 다르다면 이걸 여기서 떼어 버리십시오.
(자기 목과 어깨를 가리킨다)
기회만 닿으면 진실을
밝혀내겠습니다. 설령 지구 한가운데
숨어 있다 해도 말입니다.

**왕** 더 자세히 알아볼 방법이 있겠소?

**폴로니어스** 아시다시피 왕자님은 이따금 이 회랑을
몇 시간씩 거니시곤 합니다.

**왕비** 맞습니다.

**폴로니어스** 그런 때에 제 딸아이를 왕자님 앞에 풀어 놓겠습니다.
그때 폐하와 제가 휘장 뒤에 숨어서
두 사람이 만나는 걸 지켜보는 겁니다. 만약 왕자님이
소신의 딸을 사랑하지 않고, 그것이 왕자님 실성의 원인이
아니라면
소신은 국정 보필을 그만 두고, 시골에 가서
농사나 짓고 수레나 끌겠습니다.

**왕** 그렇게 해봅시다.

햄릿, 책을 읽으며 등장

**왕비** 저 가엾은 것이 슬픈 표정으로 뭔가 읽으며 오는군요.

**폴로니어스** 황공하오나 두 분 자리를 비켜주십시오.
소신이 왕자님께 말을 걸어 보겠습니다. 어서 자리를 비켜 주십시오.

(왕과 왕비, 시종들 퇴장)

왕자님, 안녕하십니까?

**햄릿** 어, 안녕하시오?

**폴로니어스** 왕자님, 소신을 알아보시겠습니까?

**햄릿** 알다마다, 생선 장수 아닌가?

**폴로니어스** 아닙니다, 왕자님.

**햄릿** 아, 그래? 그럼 생선 장수처럼 정직한 인간이 되시오.

**폴로니어스** 정직한 인간이요, 왕자님?

**햄릿** 그렇소. 요즘 세상에 정직한 사람이
어디 만에 하나라도 있겠소?

**폴로니어스** 옳으신 말씀입니다.

**햄릿** 햇볕이 썩은 살에 입맞춤 하여 개의 시체에다 구더기를 끓게 하면 그건 햇빛이—그대 딸이 있소?

**폴로니어스** 예, 있습니다, 왕자님.

**햄릿** 태양볕에 너무 나다니지 않게 하시오. 생각을 품는 건 좋은 일이지만 그대 딸이 품는 건 큰일이니 말이요.[1] 그러니 조심하시오, 친구.

**폴로니어스** (방백) 도대체 무슨 말이람? 아무튼 여전히 내 딸 타령이군. 하지만 처음엔 날 전혀 몰라보고 생선 장수라 하지 않았나? 완전히 맛이 갔군. 사실 나도 젊어서 사랑에 빠져 심한 상사병을 앓았을 때 저와 아주 비슷했지. 다시 말을 걸어보자. 왕자님, 뭘 읽고 계십니까?

---

1) 햄릿의 이 대사도 일종의 말장난이다. 햄릿은 conceive라는 단어의 이중 의미를 이용하여 말장난을 한다. 이 단어에는 '생각이나 아이디어를 고안해내다'라는 뜻과 '아이를 임신하다' 라는 뜻이 있다. 이때 태양빛에 나다니지 못하게 하라는 대목에서 태양은 흔히 왕을 상징하는 이미지이다. 따라서 색욕이 강한 클로디어스왕을 조심시키라는 경고의 의미를 담고 있을 수도 있다.

**햄릿** 글을 읽고 있네, 글, 글.

**폴로니어스** 내용이 어떤 문제에 관한 것입니까, 왕자님?

**햄릿** 뭐가 문제냐고?[2]

**폴로니어스** 그게 아니고, 읽고 계신 책의 내용 말입니다.

**햄릿** 이건 험담하는 글이오. 독설가가 늙은이들은 수염이 잿빛이고, 얼굴은 주름투성이인데다, 눈에서는 누리끼리한 송진이 흘러나오고, 노망이 들어 정신이 오락가락하고, 무릎은 덜덜 떤다고 썼소. 말인즉슨 다 지당한 말이지만 이렇게 써놓는 것은 옳지 않다고 생각하오. 경도 나와 같은 나이가 될 것 아닌가. 바다가재처럼 뒤로 기어갈 수만 있다면 말이야.

**폴로니어스** (방백) 돌기는 돌았는데 말에는 조리가 있군.— 왕자님, 찬 공기를 피하여 안으로 드시지요?

**햄릿** 무덤으로 가란 말이요?[3]

**폴로니어스** 하긴 공기를 피하면 그곳으로 가게 되겠군요. (방백) 이 얼마나 의미심장한 대답인가! 종종 미치광이들이 하는 말이 기가 막힐

---

2) 햄릿은 유령을 만난 뒤 광기를 가장하기로 결심한다. 그래서 일부러 상대의 말을 못 알아들은 척 횡설수설 대답을 한다. 이 장면에서 폴로니어스가 "내용이 무엇입니까?"(What is the matter?) 하고 묻지만 햄릿은 고의로 상대의 의도에서 벗어나 "뭐가 문제냐?"라는 뜻으로 해석해 엉뚱한 질문을 되묻는다.

3) 폴로니어스는 "안으로 드시겠습니까?"라는 뜻으로 "Will you out of air?"라는 표현을 사용한다. 그런데 햄릿은 "out of air"를 자구적으로 해석하여 "공기 밖으로"라고 해석하고 무덤으로 가라는 소리냐고 되묻는다.

정도로 딱 맞을 경우가 있단 말씀이야! 제정신인 사람들은 할 수 없는 기막힌 말을 말이야! 이만 헤어지고, 딸애와 만나게 할 방법이나 당장 궁리해야겠다.—왕자님, 소신은 이만 물러가겠습니다.

**햄릿** 그것만큼 내가 기꺼이 허락해 줄 일은 없소. 이 목숨이 물러가는 것만 빼놓으면 말이야—[4] 이 목숨, 이 목숨 말이오!

**폴로니어스** 그럼 물러갑니다, 왕자님.

**햄릿** 지겨운 늙은 멍청이들!

로젠크랜츠와 길덴스턴 등장

**폴로니어스** 햄릿 왕자님을 찾고 있나? 저기 계시네.

**로젠크랜츠** 안녕히 가십시오, 나리 (폴로니어스 퇴장)

**길덴스턴** 존경하는 왕자님.

**로젠크랜츠** 경애하는 왕자님.

**햄릿** 이거, 반가운 친구들이구먼. 그래, 요즘 어떻게 지내나, 길덴스턴. 아, 로젠크랜츠! 두 사람 어찌 지내나?

**로젠크랜츠** 그럭저럭 지내고 있습니다.

---

4) 이때 폴로니어스는 "물러가겠습니다"(I will take my leave of you.)라고 말한다. 이에 대해 햄릿이 "그것만큼 내가 기꺼이 허락해 줄 일은 없소."라고 대답하는데 이건 햄릿이 폴로니어스와 빨리 헤어지고 싶었음을 표현한 것이다. 그 다음에는 또다시 폴로니어스의 문장의 take A of B(B에서 A를 가져가다)을 자의적으로 사용하여 "자기 목숨을 가져가다"라는 의미로 사용한다. 결국 본인이 가장 바라는 것은 누군가가 자기 목숨을 앗아가는 것, 즉 죽음임을 밝히고 있는 것이다.

**길덴스턴** 지나치게 잘 지내지 않아 다행입니다. 저희들은 운명의 여신의 모자 꼭대기 단추[5]는 아니지요.

**햄릿** 그렇다고 여신의 발바닥 아래도 아니지 않은가?

**로젠크랜츠** 네, 그렇습니다, 왕자님.

**햄릿** 그렇다면 운명의 여신의 허리쯤인가, 아니면 소중한 곳 한가운데쯤?

**길덴스턴** 정말 딱 그쯤입니다.

**햄릿** 운명의 여신의 은밀한 부분이라? 오, 하긴 그럴 만도 하지. 그 여신은 창녀[6]니까. 무슨 새로운 소식이라도 있는가?

**로젠크랜츠** 아니요, 왕자님. 세상이 좀 정직해진 거 빼고는요.

**햄릿** 그럼 최후의 심판일이 가까워졌다는 징조군. 그런데 자네 말은 사실이 아니야. 좀 더 구체적으로 물어보지. 도대체 자네들은 무슨 짓을 했기에 행운의 여신이 이 감옥으로 보냈나?

**길덴스턴** 감옥이라뇨, 왕자님?

**햄릿** 덴마크는 감옥이야.

**로젠크랜츠** 그렇다면 온 세상이 감옥이게요.

**햄릿** 이 세상이야말로 훌륭한 감옥이지. 그 안에 구치소도, 감방도, 지하 감방도 다 있지만 덴마크가 가장 지독한 감옥이지.

**로젠크랜츠** 저흰 그렇게 생각하지 않습니다, 왕자님.

---

5) 행운의 최고 절정기를 가리킨다.

6) 사람들의 운이 아무 이유 없이 급변하는 것이 운명의 여신의 작용이라고 생각하여 운명의 여신은 흔히 '창부'에 비유되어 왔다.

**햄릿** 그럼 자네들에겐 그렇지 않은가 보지. 원래 좋고 나쁜 게 따로 있는 것이 아니라 생각하기 나름이니. 하지만 내겐 덴마크는 감옥일세.

**로젠크랜츠** 아마 그건 왕자님의 야망 때문일 겁니다. 큰 꿈을 품으신 왕자께는 이 나라가 몹시 좁겠죠.

**햄릿** 무슨 소리! 난 호두 껍데기 속에 갇혀 있어도 스스로를 무한한 우주의 왕이라고 생각할 수 있네. 고약한 꿈만 꾸지 않는다면 말이야.

**길덴스턴** 바로 그 꿈이 전하의 야망이실 겁니다. 야망의 실체는 그저 꿈의 그림자일 뿐이니까요.

**햄릿** 꿈이야말로 그림자지.

**로젠크랜츠** 지당하신 말씀입니다. 야망은 공기처럼 너무 허황된 것이어서 그림자의 그림자에 지나지 않습니다.

**햄릿** 그럼 거지야말로 실체이고, 제왕들이랑 야심을 펼친 영웅들이야말로 거지의 그림자에 불과한 셈이겠군. 우리 이제 궁전으로 가세. 이 문제는 내 머리로 따지기에 골치 아프니 말일세.

**로젠크랜츠, 길덴스턴** 저희들이 모시겠습니다.

**햄릿** 무슨 소린가! 자네들을 시종 취급할 수야 없지. 솔직히 말해서 요즘 시중을 든답시고 따라 다니는 자들이 너무 많네. 그건 그렇고, 옛정을 생각해서 자네들을 믿고 묻네만, 도대체 엘시노어에 왜 왔는가?

**로젠크랜츠** 왕자님을 뵈러 왔습니다. 다른 용건은 없습니다.

**햄릿** 난 지금 거지꼴이라, 감사하는 데도 인색하지만 아무튼 고맙네. 내가 고맙다고 해도 자네들에겐 공치사 밖에 되지 않겠지만. 그런데 자네들 누가 불러서 온 것 아닌가? 자진해서 온 건가? 자, 자, 솔직하게 말해보게. 어서 말해 보라고.

**길덴스턴** 글쎄, 뭐라고 아뢰어야 좋을지 모르겠습니다.

**햄릿** 사실대로 얘기하면 되네. 부름을 받고 온 것이라고, 얼굴에 그렇게 쓰여 있거든. 자네들은 둘 다 그런 걸 감출 만큼 교활하지 못해. 폐하와 왕비 전하가 불러서 왔다는 걸 다 알고 있네.

**로젠크랜츠** 도대체 뭣 때문에요, 왕자님?

**햄릿** 그걸 내가 묻는 게 아닌가. 우리의 우정으로 보나, 어린 시절 어울려 놀았던 정으로 보나, 늘 변함없이 유지해온 사랑으로 보나, 아니 말재주가 좋은 자라면 했을 그보다 더 나은 제안으로 자네들에게 간청하니 터놓고 말해 주게, 불러서 왔는지 아닌지 말이야.

**로젠크랜츠** (길덴스턴에게 방백) 뭐라고 말하려나?

**햄릿** 안 되지, 내가 이렇게 지켜보고 있는데. 그대들이 나를 사랑한다면 숨기지 말고 말해주게.

**길덴스턴** 왕자님, 실은 부름을 받고 왔습니다.

**햄릿** 그 이유는 내가 말해주지. 내가 먼저 말하면 자네들이 나를 캐낼 필요도 없고, 폐하나 왕비 전하께 한 비밀 맹세를 깨지 않아도 될 테니 말일세. 난 요즘 무슨 까닭인지 모르지만 만사에 흥미를 잃고, 늘 해오던 운동에서도 손을 떼고 말았어. 이런 우울 증세가 심하다 보니 이 수려한 산천도 황량한 곳처럼 느껴지고, 저 멋진 하늘, 저것 보게, 우리 머리 위에 펼쳐진 저 찬란한 창공, 금빛으로 빛나는 별들이 아로새겨진 장엄한 저 하늘 지붕이 내게는 음란하고 유해한 독기가 서린 수증기 덩어리로만 보인단 말일세. 그리고 인간은 참으로 기묘한 걸작 아니겠는가. 그 이성은 얼마나 고귀하며, 그 능력은 또 얼마나 무한한가. 그 자태와 거동은 또 얼마나 반듯하고 찬양할 만한가. 그 행동은 천사와 같고 지혜는 신과 닮았으니 이 세상 아름다움의 정수요, 만물의 영장 아닌가. 하지만 내겐 이 인간이 한갓 먼지로밖에 안 보이네. 난 이제 사람이 싫어. 아니, 여자도 마찬가지야.[7] 자네들 웃는 눈치를 보니 그렇게 말하려는 거 같은데.

**로젠크랜츠** 왕자님, 절대 그런 생각 하지 않았습니다.

**햄릿** 그럼 '사람이 싫다'고 말할 때 왜 그렇게 웃었나?

**로젠크랜츠** 그렇게 사람이 싫으시면 배우들이 왕자님께 어떤 섭섭한 대접을 받을까 하는 생각에 웃었습니다. 실은 여기 오는 길에 저희가 배우 일행을 앞질러 왔는데 그들은 왕자님께 연극을 보여 드리려고 이리 오고 있었습니다.

---

7) 햄릿이 인간을 통칭하는 man을 사용하여 'Man delights not me.'라고 말할 때 두 사람이 웃자 햄릿은 그들이 man을 남자라고 해석한 줄 알고 여자도 싫다는 말을 덧붙인 것이다.

**햄릿** 국왕 역을 하는 배우라면 대환영일세. 왕 역은 나의 찬사를 받을 것이고, 용감한 기사 역에게는 칼과 방패를 실컷 휘두르게 하고, 연인 역의 탄식에 대해서도 헛되지 않게 대접을 할 것이고, 괴팍한 풍자 역 친구는 방해받지 않고 끝까지 이야기하도록 해주겠어. 어릿광대는 웃기 좋아하는 사람들 허파를 터뜨리게 할 거고. 숙녀 역은 마음 속 생각을 자유롭게 말하게 해야지. 안 그러면 대사 흐름이 끊길 테니까. 그런데, 그 배우들은 어떤 친구들인가?

**로젠크랜츠** 전에 왕자님이 좋아하시던 도시의 비극 극단입니다.

**햄릿** 그런데 어떻게 해서 순회공연을 하게 됐나? 상설극장이 명성이나 수입 면에서 훨씬 나을 텐데.

**로젠크랜츠** 요즘 도시에서의 연극 금지는 새로운 규정이 생긴 탓일 것입니다.[8]

**햄릿** 내가 있을 때처럼 지금도 도시에서 인기가 여전한가? 지금도 사람들이 그렇게 따라다니는가?

**로젠크랜츠** 아뇨, 요즘은 예전 같지 않습니다.

**햄릿** 어째서? 연기력에 녹이 슬었나?

**로젠크랜츠** 아니요. 예전처럼 열심히 하고 있지만, 요즘 새끼 매 같은 어린 배우들이 출현해서 논쟁거리들에 대해 소리를 꽥꽥 지르면서 말

---

8) 일부 학자들은 이것을 에섹스 백작의 반란으로 인한 연극 금지 조처로 보는데 실제 에섹스 백작 반란 이후에 런던에서 연극 공연 금지 조처가 취해지지는 않았기 때문에 이런 해석에 대해 의견이 분분한 상황이다.

하는데 이게 굉장한 박수갈채를 받고 있습니다. 요즘 그런 게 유행하면서 일반 극장을—그 애들이 그렇게 부르는데—얼마나 비난하는지 칼 찬 신사들은 작가들의 펜이 두려워 그쪽으로는 얼씬도 못하는 형편입니다.

**햄릿** 뭐라고? 소년 배우들이라고? 누가 그런 극단을 운영하는가? 누가 후원을 하지? 그 애들은 변성기가 오기 전까지만 배우를 할 건가? 그 애들이 자라면 보통 배우가 될 텐데.— 대부분 그렇지. 먹고 살 다른 직업을 마련하지 못한다면 말일세. 그렇다면 그 극단의 작가가 지금 그 애들의 장래를 자기 입으로 저주하게 만드는 셈 아닌가?

**로젠크랜츠** 아닌 게 아니라 양쪽 모두 너무합니다. 온 나라 사람들이 이 싸움을 부채질하면서도 죄의식을 느끼지 않습니다. 그래서 한동안 소년 극단 극작가와 대중극단 배우 사이에 말다툼 장면을 넣지 않으면 그 연극엔 아무도 투자하지 않았습니다.

**햄릿** 어떻게 그런 일이 있을 수 있담?

**길덴스턴** 아, 서로 엄청나게 머리싸움들을 했습니다.

**햄릿** 그래서 결국 소년 극단들이 이겼는가?

**로젠크랜츠** 예, 헤라클레스와 그의 짐[9]까지 그들이 차지했습니다.

**햄릿** 하긴 그리 이상할 것도 없지, 내 숙부가 지금 덴마크 국왕 아닌

---

9) 셰익스피어 극단의 전용 극장이었던 글로브 극장을 가리킨다. 글로브 극장의 현판에 헤라클레스가 지구를 떠받치고 있는 그림이 그려져 있다.

가? 예전에 아버님이 살아계실 땐 숙부에게 얼굴을 찡그리던 사람들이 지금은 숙부의 조그마한 초상화 한 장에 이십, 사십, 오십, 백 더컷[10]을 내며 사대니 말일세. 제기랄, 여기엔 뭔가 자연스럽지 못한 구석이 있어. 철학자라면 이런 꼬락서니를 설명할 수 있으려나?

나팔소리

**길덴스턴** 배우들이 도착했나 봅니다.

**햄릿** 자네들, 엘시노어에 잘 왔네. 자, 손을 이리 주게. 환영에는 격식과 예절에 맞는 인사가 따라야지. 이런 식으로 환영 의례를 하겠네. 배우들에게는 겉으로 드러나게 친절을 보여줘야 할 것 같은데 내가 자네들보다 배우들을 더 환영한다고 오해받기 싫으니까. 아무튼 잘 왔네. 하지만 내 숙부 아버지와 숙모 어머니는 속고 계시다네.

**길덴스턴** 속다니요, 무얼 말씀입니까, 왕자님?

**햄릿** 난 북북서풍이 불 때만 미친다네. 남풍이 불면 적어도 매와 왜가리쯤은 구별하지.

폴로니어스 등장

**폴로니어스** 아 두 분, 안녕하시오.

---

10) 중세부터 유럽에서 사용된 금화와 은화이다.

**햄릿** 여보게 길덴스턴, 그리고 자네도
귀 좀 빌리세나. 저 큰 아기는
아직도 기저귀를 차고 있다네.

**로젠크랜츠** 아마 두 번째로 기저귀 신세를 진 것이겠죠. 늙으면 다시 어린애가 된다고 하니.

**햄릿** 아마 틀림없이 배우들이 왔다고 말하러 왔을 걸세. 두고 보게나.— 자네 말이 맞았어. 월요일 아침이었지, 틀림없이 그때였어.

**폴로니어스** 왕자님, 알려드릴 소식이 있사옵니다.

**햄릿** 왕자님, 알려드릴 소식이 있사옵니다.[11] 옛날 로마에 로스키우스[12]라는 명배우가 있었는데—

**폴로니어스** 배우들이 방금 도착했습니다, 왕자님.

**햄릿** 어떤가, 어때!

**폴로니어스** 제 명예를 걸고—

**햄릿** 그때 배우들은 당나귀를 타고 왔도다[13]

**폴로니어스** 지금 온 자들은 천하의 명배우들입니다. 비극이나 희극, 역사극, 목가극, 목가적 희극, 역사적 목가극, 비극적 역사극, 비극적 희극

---

11) 폴로니어스를 흉내내고 있다.

12) 고대 로마 최고의 배우. 연극에 뛰어난 재능을 보여 노예 신분에서 벗어났다고 한다. 키케로가 그의 연기에 찬사를 보냈다고 하며 이후 명배우의 대명사가 되었다.

13) 그때 배우들은 당나귀를 타고 왔도다(Then came each actor on his ass)에서 on his ass는 바로 위에서 폴로니어스가 "자신의 명예를 걸고(Upon my honor)"라고 한 말을 받아치며 말장난을 하고 있다. 이때 'ass'라는 단어는 '바보,멍청이'라는 뜻도 함축하고 있다.

적 역사극적 목가극, 삼일치의 원칙[14]을 지키는 고전극이든, 그렇지 않은 극이든 모두 다 최고입니다. 세네카[15]의 비극을 해도 너무 무겁지 않고 플라우투스[16]의 희극을 해도 경박하지 않으며 대본대로 연기하든 즉흥 연기를 하든 어느 것에나 만능인 유일한 극단이옵니다.

**햄릿** 아, 이스라엘의 명 판사 입다[17]여. 그대는 참으로 훌륭한 보배를 지녔도다!

**폴로니어스** 그자가 어떤 보배를 갖고 있었습니까, 왕자님?

**햄릿** 뭐냐면,

*세상에 오직 하나 뿐인 아름다운 딸을*

*아비는 애지중지 사랑하였도다.*

**폴로니어스** (방백) 여전히 내 딸 타령이군.

---

14) 아리스토텔레스와 고대 문예 이론가들의 여러 주장들에 근거해서 극이 개연성을 지니려면 극작이 지켜야한다고 여겨졌던 세 가지 일치의 원칙을 말한다. 이 세 원칙은 시간, 장소, 행동의 일치인데 시간은 하루 24시간 동안의 사건이어야 하고, 장소는 하나의 장소에서 벌어진 사건이어야 하며, 행동은 단일사건이어야 한다는 원칙이다.

15) 로마 최고의 비극 작가. 셰익스피어를 비롯하여 동시대 극작가들에게 엄청난 영향을 끼쳤다.

16) 로마 최고의 희극 작가.

17) 구약성경 사사기에 나오는 판사 '입다'를 말한다. 입다는 이스라엘 주위 이방족인 암몬 족속과 싸울 때 여호와께 '적을 무찌르게 해주시면 돌아올 때 가장 먼저 나를 맞이하는 것을 제물로 바치겠다'고 서원한다. 하지만 전쟁에서 승리한 그를 맞이한 것은 사랑하는 무남독녀였다. 입다는 여호와께 한 서원 때문에 그 딸을 제물로 바친다. 햄릿은 여기서 자신의 딸인 오필리어를 정략의 제물로 이용하려는 폴로니어스를 비꼬기 위해 입다의 얘기를 인용하고 있다.

**햄릿** 내 말이 틀렸소, 입다 영감?

**폴로니어스** 신을 입다라 하시면, 하긴 신에게도 애지중지 사랑하는 딸이 있긴 합니다.

**햄릿** 틀렸어, 그 다음 내용은 그게 아니지.

**폴로니어스** 그럼 어떤 내용입니까, 왕자님?

**햄릿** 뭐냐면,

*'하나님만 아시는 운명으로'*

그 다음은 이렇다오.

*'흔히 생기는 일이 결국 일어나고야 말았도다.'*

이 찬송가의 1절을 보면 더 자세히 알 수 있을 거요. 내 말을 자르는 사람들이 오는구려.

배우들 등장

어서들 오시게. 다들 잘 왔네. 다들 좋아 보여 기쁘군. 어서 오시게, 친구들.— 어, 옛 친구! 뭐야 이 친구 못 본 사이에 얼굴에 턱수염 휘장을 둘렀군. 그래 그 수염으로 나를 위압하려고 온 건가? 이건 젊은 아가씨와 부인 역[18] 아닌가! 마지막 봤을 때보다 구두 뒤축만큼 하늘에 가까워졌군. 내 그댈 위해 기도드리지. 자네 목소리가 쓰이지 않는 금화처럼 고음을 낼 때 갈라지는 일이

---

18) 셰익스피어 시대에는 여자들이 무대에 오르는 것이 허용되지 않아서 미소년들이 여자 역을 하였다.

없도록 해달라고. 다들 참 잘 왔네. 우린 프랑스 매 사냥꾼들처럼 배우만 봤다 하면 무작정 달려들거든. 당장 한 대목 해볼까? 자, 맛 좀 보여주게나. 자, 어서, 좀 격정적인 대사로 말이야!

**배우1** 어떤 대사를 할까요, 왕자님?

**햄릿** 언젠가 한 번 내게 들려준 일이 있지 않은가. 무대에 올린 적은 없었던 거 같네. 있었다 해도 한 번뿐이었을 거야. 내 기억으론 그 연극은 일반 관객에게는 인기가 없었지. 일반 대중에게는 돼지 목에 진주였지. 그러나 나나 나보다 안목이 뛰어난 사람에게는 무척 훌륭한 연극이었지. 장면 구성도 잘됐고, 문체도 교묘할 정도로 자제된 언어로 씌어졌고. 내 기억에 누군가 말하기를 내용을 돋보이게 하려고 대사에 양념을 치지도 않았고, 작가의 허세를 탓할 만한 문체 문제도 없고, 그보다는 진실한 어조로 쓰여 있어 인위적인 기교보다는 자연스러움을 느끼게 하는 감칠맛 나는 연극이라고 했지. 특히 그 작품에서 내가 좋아하는 구절이 있었어. 아에네아스[19]가 디도[20]에게 이야기해주는 대목인데 프리아모스 왕[21]의 최후에 대해 말하는 대사야! 내가 기억하는 바

---

19) 트로이 장군이자 로마 건국의 시조. 트로이 전쟁 패망 후 디도가 카르타고 건설하는 것을 돕다 둘이 서로 사랑에 빠진다. 디도 여왕은 아에네아스로부터 트로이 전쟁 이야기를 듣기를 좋아했다.

20) 아에네아스의 도움을 받아 카르타고를 건설한 여왕이나 나중에 신들이 그에게 로마 건국의 소임을 경각시켜 아에네아스가 카르타고를 떠나자 배신감에 자살한다.

21) 트로이 전쟁 당시 트로이의 노왕.

로는 이렇게 시작하지.— 가만있자, 어떻게 시작하더라?—
*"산발한 피로스[22], 히르카니아의 호랑이처럼..."*
아니 이게 아니지, 피로스로 시작은 하지만...
*거친 피로스, 검은 의도만큼이나 시커먼*
*그의 갑옷은 칠흑같이 어두운 밤을 닮았도다.*
*그가 불길한 목마[23] 속에 숨어있을 때.*
*그 검고 무서운 얼굴이 더욱더 무시무시한 색깔로*
*물들었으니, 머리에서 발끝까지*
*아비 어미 딸 아들들의 피로*
*이제 그는 온통 붉은 빛.*
*타오르는 거리의 불길에 시체는 엉키고 숯이 되도다*
*그 불길은 포악한 지옥의 등불이 되어 국왕 살해자에게*
*빛이 되어 주는구나. 분노와 불길에 그을리고*
*응고된 피들이 온 몸에 엉겨 붙어 더욱 커진 몸집으로*
*악마 같은 피로스는 핏발 선 두 눈으로*
*트로이의 노왕 프리아모스를 찾노라.*
자, 다음은 자네가 계속하게나.

**폴로니어스** 참으로 잘하십니다. 억양도 좋으시고 내용도 썩 잘 이해하신

---

22) 트로이 전쟁의 영웅 아킬레스의 아들이다. 아버지 원수를 갚으러 트로이 목마에 숨어 트로이에 와서 트로이의 노왕 프리아모스를 죽인다. 아킬레스처럼 붉은 머리를 해서 피로스(붉은 머리의 남자)라고 불렸다.

23) 트로이 목마

것 같습니다.

배우1 *이윽고 그는 그리스 군에게*
*헛되이 보검을 휘두르고 있는 프리아모스를 찾아냈다.*
*그의 낡은 칼은 그의 팔의 뜻을 거역하며 명령에 따르지 않고*
*떨어져 누워 있다. 어찌 상대가 되리오!*
*피로스가 프리아모스를 향해 분노의 칼 내리친다*
*헛쳤으나 휙 하는 칼바람에 노쇠한 왕*
*맥없이 쓰러지도다. 무감각한 트로이 성도*
*이 공격을 느낀 듯 타오르는 성의 꼭대기*
*바닥으로 허물어지며 무시무시한 굉음이*
*피로스의 귀청을 때린다. 보라!*
*고결한 프리아모스의 백발 머리 위에 내리치던 칼은*
*허공에 얼어붙은 듯 그렇게 피로스는*
*그림 속 폭군처럼 뜻과 실행 사이에서*
*어찌할 바 모른 채 서서*
*아무 것도 하지 못했다.*
*허나 폭풍이 오기 전*
*하늘이 고요하고 구름도 멎고,*
*광풍도 잠잠해지고 그 아래 대지는*
*죽은 듯이 고요하나 이내 무서운 천둥이 터져*
*대기를 찢는 것을 자주 보듯*

*잠시 멈췄던 피로스도 복수심에 분발하니*
*이제 전쟁의 신 마르스의 불멸의 투구를*
*단련하던 키클롭스의 철퇴보다 더 인정사정없이*
*피로스의 붉은 피 흐르는 칼은*
*프리아모스의 머리를 내리치도다*
*꺼져라, 꺼져. 창녀 같은 운명의 여신이여!*
*하늘의 신들은 회의를 열어 여신의 권능 빼앗고.*
*여신의 수레바퀴에서 살과 테를 부숴 버리고*
*둥근 바퀴통일랑 하늘의 언덕에서 굴려*
*지옥 악귀들에게 떨어지게 하라.*

**폴로니어스** 너무 길구먼.

**햄릿** 그럼 그대 수염과 함께 이발사에게 보내주지. 계속 하게. 이 양반은 우스갯소리나 음담패설 체질이라 그런 게 아니면 잠들어 버리지. 자 이제 헤카베[24]가 등장해야지.

**배우1** *그러나 아, 슬프도다! 담요로 몸 감싼 왕비를 봤다면.*

**햄릿** '담요로 몸을 감싼 왕비'

**폴로니어스** 그거 괜찮군.

**배우1** *억수같이 쏟아지는 눈물로 화염조차 위협하며*
*맨발로 이리저리 뛰어다닌다. 왕관이 얹혀 있던 머리엔*

---

24) 프리아모스 왕의 아내이자 트로이 영웅 헥토르의 어머니. 그녀는 헥토르 외 파리스, 카산드라 등 프리아모스와의 사이에서 19명의 자녀를 두었다.

*보자기 한 조각 덮여 있고 수많은 자식 낳은 여윈 허리엔*
*비단옷 대신 두려움에 사로잡혀 주워 걸친*
*담요뿐. 왕비의 이런 모습 본 사람이면*
*누군들 오만한 운명의 여신에게*
*저주의 독설로 반역을 선포하지 않으랴.*
*피로스가 노왕의 사지를 저미면서*
*악의에 차 장난치는 것을 왕비가 보는 순간*
*터뜨린 울부짖음을 하늘의 신들이 봤다면*
*그들이 인간사에 전혀 무심하지 않다면*
*하늘의 별들도 눈물 흘리게 할 것이고*
*신들도 격정을 불러일으켰으리라.*

**폴로니어스** 얼굴색 하나 안 변하고 눈에 눈물이 글썽이는 것 좀 보십시오. 이제 그만하여라.

**햄릿** 잘했다. 나머지 대목은 곧 듣겠다. 경이 배우들이 잘 머물도록 돌봐주시겠소? 융숭하게 대접을 해주시오. 자고로 배우들은 시대의 축도요, 짧은 연대기라고 할 수 있으니까. 살아생전에 저들의 구설수에 오르는 것보다 죽은 후에 험악한 묘비명이 쓰이는 게 나을 것이오.

**폴로니어스** 왕자님, 그들 신분에 맞게 대접하겠습니다.

**햄릿** 이 답답한 양반아, 더 융숭히 대접하란 말이오. 모든 사람을 가치에 맞게 대접한다면 이 세상에 회초리질을 피할 사람이 어디 있겠소? 경의 명예와 지위에 어울리게 대접하라는 얘기요. 대접받는 사람의 가치가 적을수록 대접하는 사람의 선심이 빛나는 법이오. 자, 안으로 안내하시오.

**폴로니어스** 이쪽으로들 오게나.

**햄릿** 친구들, 저 양반을 따라가게. 내일 연극을 보기로 하세.
(배우1에게) 옛 친구, 잠깐 얘기 좀 할까? '곤자고의 암살'을 공연할 수 있겠나?

**배우1** 물론입니다, 왕자님.

**햄릿** 그럼 내일 밤 그걸 공연해주게. 혹 12행이나 16행쯤 되는 대사를 써서 삽입할까 하는데 외울 수 있겠나?

**배우1** 할 수 있습니다, 왕자님.

**햄릿** 좋아. (배우들 모두에게) 저 양반을 따라들 가시게, 너무 놀리지는 말고. (폴로니어스와 배우들 퇴장)
(로젠크랜츠와 길덴스턴에게) 친구들, 우리 밤에 다시 만나세. 엘시노어에 잘 왔네.

**로젠크랜츠** 알겠습니다. 왕자님. (로젠크랜츠와 길덴스턴 퇴장)

**햄릿** 아, 그럼 잘들 가게! 이제 혼자구나.
아 나같이 못나고 천박한 노예 같은 인간이 또 있을까!
지금 여기 있던 그 배우는 얼마나 대단한가?
꾸며낸 이야기요, 공상 속의 격정에 불과한데도
그의 영혼을 상상력에 주입시켜

안색이 창백해지고,
눈에는 눈물이 고이고, 광기어린 시선에,
목은 메고, 온 몸의 기능이 상상력에 맞춰
움직이지 않는가! 아무것도 아닌 것에!
헤카베 때문에!
도대체 헤카베가 그와 무슨 상관이며, 그는 헤카베와
무슨 상관이어서 그렇게 운단 말인가? 만약 나처럼
격정을 일으켜야 할 동기와 명분이 있다면
저 배우는 어땠을까? 그는 무대를 눈물로 흥건히 적시고,
무시무시한 대사로 관객들의 귀청을 찢고
죄지은 자 미치게 만들고, 죄 없는 자 두렵게 할 것이며,
무지한 자 놀라게 하면서, 관객들의 넋을 빼앗아
눈과 귀를 놀라게 할 것이다!
그러나 나는,
이 아둔하고 미련한 나란 놈은
명분의 결실을 맺지 못하고, 왕권과
가장 소중한 목숨을 무참히 빼앗긴 선왕을 위해
한 마디도 못한 채 몽유병자처럼
앙상하게 야위어만 가고 있지않은가? 난 겁쟁이인가?
누가 날 좀 나쁜 놈이라 부르고, 내 머리통을 부수고,
수염을 잡아 뽑아서 내 낯짝에 던지고,

내 코를 비틀고, 목청껏 날
허풍선이라고 불러다오.— 누가 이리 해 주려나?
하!
그런 자가 있다면 맹세코 달게 받겠다.
난 비둘기 간처럼 마음이 약하고, 굴욕을
쓰디쓰다 여길 쓸개도 없으니,
그렇지 않았다면 이 지역의 솔개 떼를
그 노예같은 자의
내장으로 배불렸을 것이 아닌가?[25] 그 잔인하고 음탕한 악당!
무도하고, 간악하고, 음탕하고, 잔인한 악당!
아, 나는 얼마나 못난인가? 사랑하는 아버님이
무참하게 살해당해 하늘과 지옥이
그 복수를 재촉하건만 창녀처럼 입으로만 나불대며
매춘부처럼 입으로만 저주를 웅알대고 있으니
참 장하기도 하지! 에잇, 더럽다. 더러워.
잠깐! 머리 좀 굴려보자! 음, 내 언젠가
죄를 저지른 자가 연극을 구경하다가
그 진실한 장면에 감동해
그 자리에서 자신의 죄를
털어놓았다고 들은 적이 있다.

---

25) 숙부를 죽여 그 시체를 파먹게 했을 거란 의미이다.

살인죄는 입이 없어도 너무도 신비롭게 스스로
죄를 실토한다고 하지 않았던가? 아까 저 배우들을 시켜
숙부 앞에서 아버지 살해와 비슷한 장면을
공연케 하자. 그때 숙부의 안색을 지켜보며
급소를 한 번 찔러보리라. 그가 움찔한다면
그 다음 어찌 해야 할지는 알렸다.
내가 본 혼령은 악마일지도 모른다.
악마는 그럴싸한 형체를 취할 수 있다지 않던가.
그래, 어쩌면 내가 심약해지고 울적한 틈을 타서
악마는 그런 사람들에게 힘을 발휘하는 법이니까
그 사악한 손을 뻗쳐 나를 파멸시키려는 건지도 모른다.
그러니 망령보다 더 확실한 증거가 필요하다 그러자면 연극이
좋은 방법이다. 그걸로 왕의 본심을 캐내고야 말겠다. (퇴장)

# 3막 1장

왕, 왕비, 폴로니어스, 오필리어, 로젠크랜츠, 길덴스턴 등장

**왕** 그래 이런저런 방법을 다 써서 캐물어도
왜 햄릿이 난폭하고 위험한 광기로
조용한 날들을 저리도 시끄럽게 만드는지
알아내지 못 했단 말이냐?

**로젠크랜츠** 왕자님 자신도 정신이 이상하다고 인정하시지만
무슨 연유로 그리 되었는지 절대 말하지 않사옵니다.

**길덴스턴** 게다가 그 말을 꺼내는 것도 싫으신 눈치셨습니다.
저희들이 왕자님의 진정한 상태에 대해
말씀하시도록 유도하면 실성하신 척하고 교묘하게
빠져나가셨습니다.

**왕비** 그대들을 반갑게 대하기는 하던가?

**로젠크랜츠** 아주 신사답게 대해 주셨습니다.

**길덴스턴** 그런데 억지로 꾸민 듯한 느낌이었습니다.

**로젠크랜츠** 질문은 별로 안 하셨지만, 저희가 여쭙는 말에는
선선히 대답해 주셨습니다.

**왕비** 무슨 여흥이라도
권해보았는가?

**로젠크랜츠** 왕비마마, 실은 저희가 이곳으로 오는 길에
배우 일행을 앞질러 왔습니다. 이에 대해
왕자님께 아뢰었더니 무척 반가우신
눈치셨습니다. 그들은 지금 궁에 와 있고,
오늘밤 공연하라는 분부를 왕자님으로부터
이미 받았을 것이옵니다.

**폴로니어스** 사실이옵니다.
두 분 전하께서도 연극 관람을 해 주십사
여쭈라고 말씀하셨습니다.

**왕** 보고말고. 햄릿이 연극에 흥미를 느낀다니
무척 반가운 일이로다.
그대들은 앞으로도 자주 권해서 햄릿이
이런 소일거리에 마음을 쓰도록 하거라.

**로젠크랜츠** 그리 하겠습니다, 폐하. (로젠크랜츠와 길덴스턴 퇴장)

**왕** 왕비도 자리 좀 비켜 주시오.

은밀히 햄릿을 이리로 불렀소.
햄릿이 여기서 우연인 것처럼 오필리어를
만나도록 말이오.
오필리어의 부친과 나는 합법적인 염탐꾼으로
이곳에 숨어 두 사람이
만나는 광경을 지켜보고,
또 햄릿의 일거일동을 자세히 살펴보고
왕자가 그토록 고통스러워하는 것이
사랑 때문인지 아닌지를 알아보려 하오.

**왕비** 분부대로 하겠습니다.
오필리어야, 햄릿이 실성한 것이
네 아름다움 때문이길 바란다.
그래서 네 미덕 덕에 햄릿이 다시 예전으로
되돌아와 두 사람의 명예를 되찾았으면
좋겠구나.

**오필리어** 왕비마마, 저도 그리 바라옵니다.

(왕비 퇴장)

**폴로니어스** 오필리어야. 여기서 거닐고 있어라.— 폐하,
황송하오나 폐하와 소신은 몸을 숨겨야겠습니다.
이 책을 읽고 있어라. 그러면 혼자 있어도 이상해
보이지 않을 게다.—이건 비난 받아 마땅하나

경건한 표정과 신성한 태도로 악마의 본성을
감추는 건 아주 많이 입증된
방법이다.

**왕** (방백) 너무 지당한 말이구나.
저 말이 내 양심을 아프게 채찍질하는구나.
분을 처발라 단장한 창녀의 추악한 얼굴도
그럴싸하게 꾸민 말 뒤에 숨어있는
내 행실보다는 추하지 않으리라.
아, 이 무거운 업보!

**폴로니어스** 오시는 소리가 납니다. 폐하, 몸을 숨기십시오.

(왕과 폴로니어스 퇴장)

햄릿 등장

**햄릿** 사느냐 죽느냐, 그것이 문제로다.
가혹한 운명의 돌팔매와 화살을 맞아도
참고 사는 것이 더 장한 일인가,
아니면 고통의 바다에 맞서 무기를 들고
대항하다 죽는 것이 더 고결한 일인가. 죽는 건— 잠자는 것,
그뿐 아닌가. 잠이 들면 마음의 상심도,
육신이 물려받는 수천 가지 고통도 끝나지.
그건 모두가 바라는 마무리 아닌가. 죽는 건 잠자는 것.

하지만 잠이 들면 꿈을 주지. 아, 그것이 걸리는구나.
우리가 이승의 고통을 버리고
죽음이란 잠을 잘 때, 어떤 꿈이 찾아올지 모르니
주저할 수밖에. 그 때문에
이리 오래 사는 재앙을 겪는 게지.
그런 주저가 없다면 누가
세상의 채찍과 모욕,
폭군의 횡포와 거만한 자의 오만불손함,
무시당한 사랑의 아픔, 법의 지연,
관료들의 오만방자함, 인내심 갖춘 자가
하찮은 이들에게 받는 능욕을 참겠는가.
그저 칼 한 자루로 모든 것을 끝장낼 수
있는데, 그 누가 무거운 짐을 걸머지고
이 지리한 삶을 신음하며 진땀 흘리며 살겠는가.
죽은 뒤의 세상에 대한 두려움,
한번 가면 두 번 다시 돌아올 수 없는
미지의 나라가 우리의 결심을 흔들리게 해서
알지 못하는 저 세상으로 가느니
우리가 겪고 있는 이 환란을 견디게 하는 거지.
결국 분별심이 우리 모두를 겁쟁이로 만들어
결단이 본래 지닌 생생한 혈색은

사색의 창백함으로 그늘져서
뜨겁게 타오르던 큰 뜻도
이 때문에 방향을 잃고,
실천력을 잃는 법. 가만,
사랑스런 오필리어 아닌가. 그대 숲의 요정이여,
그대 기도할 때 내 온갖 죄를 위해서도 빌어주오.

**오필리어** 왕자님,
오랜만인데 어떻게 지내셨는지요?

**햄릿** 고맙게도 잘 지냈소.

**오필리어** 왕자님, 그 동안 제게 보내주신 선물들을
오래 전부터 돌려드리려 했습니다.
부디 받아주십시오.

**햄릿** 아니, 나 아니오.
난 그대에게 아무 것도 선물한 일이 없소.

**오필리어** 왕자님, 다 아시면서 딴전을 부리십니다.
그때 선물에다 다정한 말씀까지 보태주셔서
더욱 값진 것들이었습니다. 허나 이제 그 향기 사라졌으니
도로 받아주세요. 고결한 사람에겐
값진 선물도 주는 이의 진심이 담기지 않으면
하찮은 것입니다. 여기 있습니다, 왕자님.

**햄릿** 하하! 그대는 정숙하오?

**오필리어** 네?

**햄릿** 그대는 아름다운가?

**오필리어** 무슨 말씀이신지요?

**햄릿** 만약 그대가 정숙하고 아름답다면 그대 정조가 그대 미모와 대화를 나누지 못하게 하시오.

**오필리어** 왕자님, 미모처럼 여자의 정조와 잘 어울리는 것이 어디 있겠습니까?

**햄릿** 아니, 사실 미모가 정조를 타락시켜 음란하게 만들기는 쉽지만 정조가 미모를 정숙하게 만들기는 어려운 일이오. 전에는 이게 이따금씩 벌어지는 역설로 여겨졌지만, 요즘엔 그게 진리임이 입증되었소. 나도 한때는 그댈 사랑했소.

**오필리어** 정말 제가 그렇게 믿도록 하셨습니다, 왕자님.

**햄릿** 그대는 내 말을 믿지 말았어야 했소. 우리 천성의 그루터기에 제아무리 미덕의 새 가지를 접목한들 본바탕이 없어지겠소? 난 그대를 사랑하지 않았소.

**오필리어** 그렇다면 저는 더욱 속은 셈입니다.

**햄릿** 수녀원으로 가시오. 왜 그대는 죄인을 낳으려고 하오? 내 딴엔 내 자신을 꽤나 정직한 인간이라 생각하지만 그런데도 어머니가 날 낳지 않았더라면 좋았을 만큼 비난할 점이 많소. 나는 아주 오만하고, 복수심이 강하고, 야망이 크고, 머릿속에서 생각하지도 못한 죄, 상상 속에서 그려 보지도 못한 죄, 미처 행동에 옮길 수 없을 만큼의 많은 죄를 언제든지 저지를 수 있는 인간이오. 나 같은 인간이 이 천지사이를 기어 다녀서 뭘 하겠소? 우리 인간은 모조리 순악당들이니 아무도 믿지 말고 수녀원으로 가시오. 그런데 그대 아버지는 어디 계시오?

**오필리어** 집에 계십니다, 왕자님.

**햄릿** 그럼 문을 걸어 잠그시오. 제 집도 아닌 곳에서 바보 짓 못하게 말이오. 잘 가시오.

**오필리어** 아 하늘이시여, 왕자님을 구원해 주소서!

**햄릿** 그대가 굳이 결혼한다면 내 이 저주를 지참금으로 주겠소. 그대가 얼음처럼 정숙하고 눈처럼 순결해도 이 세상의 구설을 피하지는 못할 거라고. 수녀원으로 가시오, 그럼 안녕히. 그래도 굳이 결혼하려거든 바보와 하시오. 똑똑한 사내들은 아내를 얻으면 자기가 곧 괴물[1]이 된다는 걸 익히 잘 아니까. 수녀원으로 가시오— 지금 당장. 잘 가시오.

**오필리어** 하늘의 신들이시여, 왕자님의 정신이 돌아오게 해주소서.

**햄릿** 난 당신네 여자들의 가식에 대해 많이 들었소. 하나님께서 주신 얼굴을 완전히 딴판으로 만들어버리고, 엉덩이를 흔들며 살랑살랑 걷고, 혀 짧은 소리로 말을 하며, 신의 창조물에 엉뚱한 별명을 붙이고, 음탕한 짓을 하고도 모른 척 잡아떼지. 젠장, 그만

---

1) 뿔난 짐승을 이르는 말이다. 서양에서는 아내가 바람을 피우면 남편 이마에 뿔이 돋는다고 생각했다. 이 대사를 통해 햄릿이 어머니의 변절 이후 모든 여성을 부정한 존재로 바라보고 있음을 알 수 있다.

하자. 그런 게 날 미치게 만들었어. 더 이상 세상 사람들이 결혼하게 해선 안돼. 이미 결혼한 자들이야— 한 쌍[2]만 빼고— 도리 없이 살게 해야지만 결혼 안한 자들은 지금처럼 그냥 살아야 해. 수녀원으로 가시오. (퇴장)

**오필리어** 오, 그리 고상하던 기품이 저렇게 무너지다니!
조신들의, 군인의, 학자의 눈이요, 혀요, 검이셨던 분이!
아름다운 이 나라의 희망이요 꽃이며
풍속의 거울이요, 예의범절의 본보기로
만인이 우러러보던 왕자님이 저리 무너지시다니!
나는 이 세상에서 가장 비참하고 불쌍한 여인이구나.
왕자님의 음악처럼 달콤한 사랑의 맹세를 듣던 내가
저 고귀하고 지고한 이성의 청아한 종소리가
어긋난 음정으로 시끄럽게 울리는 소리를 듣다니.
활짝 핀 청춘의 비할 바 없던 용모와 자태가
광란으로 시들어 버린 모습을 봐야 하다니. 아,
그 모습을 보았던 이 눈이 지금 저 모습을 보아야 하다니.

왕과 폴로니어스 등장

**왕** 사랑? 왕자 마음은 그쪽으로 기운 게 아니오.
그 애가 한 말들도 좀 횡설수설하긴 하지만

2) 클로디어스와 거트루드 부부를 말한다.

미친 사람 소리 같진 않소. 분명 심중에 뭔가 있어
저렇게 우울한 게 분명한데,
그것이 알을 까고 나오면
위험하겠지. 그걸 막으려면
빨리 결단을 내려야겠소.
이렇게 합시다. 왕자를 속히 영국으로 보냅시다.
밀린 조공을 재촉한다는 명분으로 말이오.
바다 건너 타국에 가서 색다른 풍물을 구경하면
왕자의 가슴속에 맺힌 것을 몰아내 줄지도 모르오.
밤낮 그 생각에만 골몰하니,
저렇게 실성할 수밖에.
경의 의견은 어떠하오?

**폴로니어스** 묘안이십니다. 그러나 소신의 생각은 여전히
왕자님께서 수심에 빠진 근원과 시초가
실연 때문으로 여겨집니다. 괜찮냐, 오필리어?
햄릿 왕자님 말씀은 전하지 않아도 된다.
다 들었다. 폐하, 뜻대로 하십시오.
하지만 괜찮다고 생각하시면 연극이 끝난 뒤에
왕비마마께서 왕자님과 단둘이 터놓고
왜 수심에 찬 건지 물어보게 하시면 어떠실지요.
폐하께서 허락하신다면 신이 몰래 숨어서

두 분 말씀을 들어 보겠습니다. 왕비마마께서도 알아내지 못하면
왕자님을 영국으로 보내시든가 폐하께서 적당하다고
생각하시는 곳에 감금하시든가 하시지요.

**왕** 그리 합시다.
지체 높은 자의 광증을 방관해서는 안 되오. (퇴장)

# 3막 2장

햄릿과 세 명의 배우 등장

**햄릿** 대사는 내가 자네들에게 읊은 것처럼 유창하게 해야 하네. 만약 여느 배우들처럼 소리나 고래고래 지른다면 차라리 포고문 외치는 자를 데려다 시키겠네. 또 너무 자주 손으로 이렇게 허공을 휘젓지도 말고, 모든 걸 점잖게 하게. 왜냐하면 감정의 격류나 소용돌이 속에서도 그것을 부드럽게 표현하는 절제의 연기를 연마해야 하거든. 아, 가발을 쓴 시끄러운 배우가 나와서 격정에 사로잡혀 아우성치는 바람에 극은 너덜너덜해지고, 무슨 뜻인지 모르겠는 무언극이나 시끄러운 대사밖에는 이해하지 못하는 싸구려 관객의 고막이나 찢으면 정말 화가 치밀어 오른단 말이야. 난폭한 회교도 터머건트[1]나, 폭군 헤롯왕[2]을 능가할 정도로 과장된 연기를 하는 놈은 채찍질을 하고 싶다니까.

**배우1** 절대 그런 일 없도록 하겠습니다.

**햄릿** 그렇다고 너무 맥없이 연기하는 것도 곤란하네. 그러니 자신의 분별력을 스승으로 삼아 연기는 대사에, 대사는 연기에 조화시켜 주게. 특히 명심해둘 건 자연의 절도를 벗어나지 말아야 한다는 점일세. 무엇이든 지나치면 연극의 원래 목적에서 벗어나거든. 연극의 목적은 예나 지금이나, 말하자면, 자연에 거울을 비추는 일이지. 미덕은 미덕으로, 그른 건 그른 대로 고스란히 비추어, 그 시대의 양상을 있는 그대로 보여주는 것이지. 너무 지나치거나 너무 맥없거나 하면 어설픈 관객을 웃길 수 있을지 모르지만 안목 있는 관객은 불쾌감을 느끼게 하지. 이러한 관객의 판단을 수많은 다른 관객들의 의견보다 중요하게 여기게. 아, 나도 정말 엉터리 배우들을 본 일이 있는데, 다른 이들은 칭찬하더군. 좀 불경한 말일지 모르지만, 말투도 기독교도답지 않았고, 걸음걸이는 기독교도도 아니요, 이교도도 아니고, 도대체 인간 같지가 않더군. 그치들이 무대 위에서 어찌나 거들먹거리고 고함을 지르던지, 이건 마치 자연의 신이 이제 막 수습기간이 끝난 견습

---

1) 기독교인들이 이슬람교도들이 숭배하는 신이라고 잘못 알고 있었던 존재로 중세극에서 난폭하고 거만한 인물로 등장한다.

2) 고대 유대의 폭군으로 중세극에서 흔히 고함을 지르는 인물로 등장한다.

공을 시켜 만들었는데, 제대로 만들지 못하여 끔찍하게 인간 흉내만 내는 것 같았다네.

**배우1** 저희 극단은 그런 점을 꽤 바로잡았길 바랍니다.

**햄릿** 아, 철저히 고치게. 그리고 어릿광대 역도 대본에 없는 대사는 하지 못하도록 하게. 그들 가운데는 일부 멍청한 관객들을 웃기려고 자기가 먼저 웃어대는 녀석들도 있거든. 그러는 바람에 연극의 중요 요점은 뒷전이 되고 말지. 아주 한심한 노릇이지만 어릿광대가 그 따위 수작을 부리는 치사한 야심이야 뻔히 들여다보이지. 자, 가서 준비하게. (배우들 퇴장)

폴로니어스, 로젠크랜츠, 길덴스턴 등장

**햄릿** 어떻게 됐소, 경? 폐하께서 연극을 보러 오시오?

**폴로니어스** 예, 왕비마마도요. 곧 오실 겁니다.

**햄릿** 그럼 가서 배우들에게 서두르라 하시오. (폴로니어스 퇴장) 자네들도 가서 서두르도록 도와주게.

**로즈크랜츠** 예, 왕자님. (로젠크랜츠와 길덴스턴 퇴장)

**햄릿** 어이, 호레이쇼!

호레이쇼 등장

**호레이쇼** 여기 분부 기다리고 있습니다, 왕자님.

**햄릿** 호레이쇼, 내 그동안 만난 사람들 중에

자네같이 반듯한 사람은 못 보았네.

**호레이쇼** 별말씀을요, 왕자님.

**햄릿** 아니, 아첨이라 생각지말게.
먹고 입는 밑천이라고는 타고난 선한 정신밖에 없는
자네에게 내가 무슨 이득을 바라고
아첨을 하겠는가? 가난뱅이에게 누가 아첨을 하겠나?
거 달콤한 혓바닥 가진 자는 세도가에게 아부하라 하고
무릎 관절이 잘 움직이는 자들은 이득이 생기는 데 가서
무릎을 굽실거리라지. 여보게, 호레이쇼.
내 소중한 영혼이 스스로 선택을 하고
사람 고르는 안목을 갖게 된 뒤부터
자넬 내 영혼의 벗으로 여겨왔네. 자넨
온갖 역경을 겪으면서도 아무 일도 안 당한 듯
운명의 여신이 안겨주는 고통이나 은총을
한결같이 고맙게 받아들이는 사람이네.
감정과 이성이 사이좋게 어우러져
운명의 여신의 손끝에 놀아나서 그녀가 부는 대로
소리를 내지 않는 자는 축복받은 사람이지.
감정의 노예가 아닌 사람이 이 세상에 있다면
소개시켜 주게. 내 자네를 간직하듯이
그자를 가슴 속 깊이 간직하겠네. 너무 장황했군.

오늘밤 왕 앞에서 연극을 공연하네.
그 중 한 장면은 내가
언젠가 자네에게 얘기했던
선친 살해 장면과 비슷하다네.
연극이 공연되는 동안 정신을 바짝 차려
숙부를 관찰해 주게. 만약 한 대목에서
숙부의 숨은 죄가 드러나지 않는다면
전에 우리가 봤던 망령은 악귀이고,
내 상상력은 불의 신 불카누스의 모루[3]처럼
형편없는 것이네. 숙부를 유심히 관찰해 주게.
나도 이 두 눈을 그 얼굴에서 떼지 않을 걸세.
연극이 끝난 뒤 두 사람의 의견을 모아
왕의 태도를 판단해보세.

**호레이쇼** 잘 알겠습니다, 왕자님.
연극 도중 제가 잠시라도
한눈을 판다면, 그 벌을 달게 받겠습니다.

**햄릿** 연극을 보러 오는군. 미친 척해야겠네.
자네도 자리를 잡게.

---

3) 대장장이 신 불카누스의 도구인 모루는 오래 사용하여 낡고 시커먼 좋지 못한 이미지를 갖고 있다.

왕, 왕비, 폴로니어스, 오필리어, 로젠크랜츠, 길덴스턴, 그 밖의 조신들 횃불을 든 왕의 경비병과 함께 등장

**왕** 어떻게 지내느냐, 내 조카 햄릿?

**햄릿** 카멜레온 요리는 정말 훌륭합니다. 약속으로 꽉 찬 공기를 먹고 삽니다. 식용닭도 이렇게 먹이진 않을 겁니다.[4]

**왕** 동문서답이구나, 햄릿. 그건 내 말에 대한 대답이 아니잖느냐.

**햄릿** 네, 그렇다고 이젠 제 말도 아니지요. (폴로니어스에게) 경은 대학 시절에 연극을 했다고요?

**폴로니어스** 그렇습니다, 왕자님. 명배우 소리를 들었습니다.

**햄릿** 그래 무슨 역을 했소?

**폴로니어스** 줄리어스 시저 역이었습니다. 의사당에서 살해
당했죠. 브루투스의 손에 말입니다.

**햄릿** 그 브루투스란 자가 간이 부르텄군. 으뜸 송아질 살해 하다니.[5] 배우들은 준비가 다 되었소?

---

4) 왕은 햄릿에게 "어찌 지내느냐, 햄릿?(How fares our cousin Hamlet?)이라는 안부 인사를 건넨다. 그런데 fare라는 단어는 "지내다"라는 뜻과 "먹다"라는 뜻을 지니고 있다. 햄릿은 왕의 의도에서 벗어나 "어찌 먹고 지내느냐?"라는 뜻으로 해석하고 대답을 한다. 이때 "카멜레온 요리"라는 것은 자신을 왕위계승자로 선포했지만 얼마든지 카멜레온처럼 변덕스럽게 그 마음이 변할 수 있음을 지적하는 것이다. 또한 "약속으로 꽉 찬 공기를 먹고 산다"는 말은 왕이 자신을 그런 허황된 약속으로 사육하고 있음을 조롱하는 것이다.

5) 햄릿은 발음이 비슷한 capitol(의사당)/capital(으뜸가는)/calf(송아지), Brutus(블루투스)/brute(잔인한)를 이용하여 말장난을 하고 있다. 당시 송아지는 '바보'라는 의미가 있었다니 결국 폴로니어스를 '으뜸 바보'라고 조롱하고 있는 것이다.

**로젠크랜츠** 네 왕자님, 분부를 기다리고 있습니다.

**왕비** 햄릿, 이리 와서 어미 곁에 앉거라.

**햄릿** 아뇨, 어머니. 이쪽에 더 강한 자석이 있어서요.

(오필리어 쪽으로 향한다)

**폴로니어스** (왕에게 방백으로) 오호! 저 말 들으셨습니까?

**햄릿** (오필리어의 발아래 누우면서) 아가씨, 그대 다리 사이에 누워도 되겠소?

**오필리어** 안됩니다, 왕자님.

**햄릿** 그대 무릎 좀 베자는 거요.

**오필리어** 그럼 그렇게 하십시오, 왕자님.

**햄릿** 내가 무슨 상스러운 짓이라도 하리라 생각했소?

**오필리어** 그런 생각 하지 않았습니다, 왕자님.

**햄릿** 처녀 다리 사이에 눕는다, 거 참 멋진 생각이군.

**오필리어** 무슨 말씀이신지요, 왕자님?

**햄릿** 아무 것도 아니오.

**오필리어** 기분이 좋으신가 봅니다, 왕자님.

**햄릿** 누가, 내가?

**오필리어** 네, 왕자님.

**햄릿** 이런, 나야 그대의 어릿광대 아니오. 인간이 어찌 유쾌하지 않을 수 있겠소? 아버님이 돌아가신 지 두 시간도 안됐는데 우리 어머니의 저 행복한 얼굴을 좀 보시오.

**오필리어** 아닙니다, 두 달의 곱절은 지났습니다, 왕자님.

**햄릿** 벌써 그렇게 됐나? 그럼 상복은 악마에게나 물려주고 난 수달피 옷을 입어야겠군. 세상에! 두 달 전에 돌아가셨는데도 아직 잊지 않다니. 이러다가는 위대한 사람에 대한 기억이 죽은 지 반 년 동안 살아 있을 수도 있겠는걸. 그러자면 교회들을 세워야지. 그러지 않으면 모리스 댄스의 말[6]처럼 금세 잊혀지고 말 테니까. 그 말의 묘비명은 이거라오, '오! 오! 껄떡말은 잊혀졌네.'

나팔 소리. 이어 무언극이 시작된다.

*왕과 왕비가 등장하여 정답게 서로 포옹한다. 왕비는 무릎을 꿇고 왕에게 사랑을 맹세한다. 왕은 왕비를 일으켜 세우고 그의 머리를 왕비의 어깨에 기댄다. 왕은 꽃이 핀 언덕에 눕는다. 왕비는 왕이 잠든 것을 보고 자리를 떠난다. 곧 한 사내가 등장하여, 왕의 머리에서 왕관을 벗기고 왕관에 입을 맞춘 뒤, 잠들어 있는 왕의 귀에 독약을 붓고 퇴장한다. 왕비가 돌아와서 왕이 죽은 것을 보고 몸부림친다. 독살한 사내가 서너 명을 데리고 다시 등장한다. 왕비를 위로하는 척한다. 왕의 시체가 실려 나간다. 독살한 사내는 선물을 바치며 왕비에게 구애한다. 왕비는 잠시 매정하*

---

6) hobbyhorse는 오월제(the May Day)의 가장무도회인 모리스 댄스(morris dance)에서 일부 댄서가 허리에 다는 말의 상(像)이다. 왜 이것이 잊혀진 것을 나타내는 상징이 되었는지는 불분명하다. (*Arden* 295쪽 주석 참조)

*게 구는 체하다가 결국 사랑을 받아들인다.* (퇴장)

**오필리어** 이게 무슨 뜻입니까, 왕자님?

**햄릿** 글쎄 은밀한 악행이라고나 할까.

**오필리어** 이 무언극이 연극의 줄거리인 것 같습니다.

서사역 배우 등장

**햄릿** 이 자가 알려줄 거요. 배우들이란 비밀을 숨기지 못하고 죄다 털어놓거든.

**오필리어** 무언극의 의미도 가르쳐 줄까요?

**햄릿** 암 그뿐이겠소, 그대가 뭘 보여주든 다 해설해줄 거요. 그대가 부끄러워하지 않고 보여주면 저 배우들도 주저 없이 그 의미를 해설해줄 거요.

**오필리어** 망측하십니다. 망측해. 연극이나 보겠습니다.

**배우** *저희 극단과 저희가 공연할 비극을 위해*
*여러분에게 간곡한 부탁의 말씀 드립니다.*
*끝까지 참고 봐주시기 간청 드립니다.* (퇴장)

**햄릿** 원 저게 극의 프롤로그야, 아님 반지에 새긴 글귀야?

**오필리어** 정말 짧네요.

**햄릿** 여인의 사랑처럼 짧군.

왕과 왕비 역의 배우들 등장

**극중 왕** *사랑으로 한 마음 되고 혼례의 신 히멘이*
*우리의 손 맞잡게 하여 성스러운 혼례를 올린 날부터*
*태양신의 꽃수레가 바다 신의 바닷길과*
*대지의 여신의 둥근 땅을 돌기를 꼬박 서른 번이고*
*그 빛을 빌린 달님이 지구를 돌기를*
*1년에 열두 번씩 서른 해 동안이었소.*

**극중 왕비** *우리의 사랑이 끝나기 전에 해님과 달님의*
*여행을 또 그만큼 헤아리게 해 주소서!*
*하지만 폐하께서 병환이 잦으시어 슬프옵니다.*
*활기도 사라진 지 오래고 옛 모습 찾을 바 없어*
*염려되옵니다. 하오나 제가 이렇게 가슴 속에*
*근심을 지닌다 해서 언짢게 생각지 마옵소서.*
*원래 여자의 근심과 애정은 함께 하는 법이니,*
*애정 없이 근심 없고 애정이 크면 근심도 큽니다.*
*제 사랑이 어느 정도인지는 그 동안 보셔서 아실 터*
*애정이 큰 만큼 염려도 크옵니다.*
*사랑이 크면 사소한 염려도 근심 걱정이 되고*
*사소한 근심 걱정이 두려움 되고 사랑도 깊어지는 법이옵니다.*

**극중 왕** *내 사랑, 머지않아 당신 곁을 떠나야 할 것 같소.*
*내 몸을 움직이는 힘들이 그 기능을 멈추었소.*
*당신은 이 아름다운 세상에 남아 섬김과 사랑을*

*받으며 여생을 누리시오. 그리고 다행히 나같이*
*다정한 배필을 만나면—.*

극중 왕비 *아, 그만하시옵소서!*
*가슴에 반역을 담지 않고 어찌 그런 사랑 하리오.*
*제가 재가하면 천벌 내리소서.*
*남편을 죽인 여자 아니고야 어찌 재가하오리까?*

햄릿 (방백) 쓰디쓰구나.

극중 왕비 *재가를 꿈꾸는 원인은*
*천박한 타산 때문일 뿐, 결코 애정이 아니옵니다.*
*두 번째 남편에게 안겨 잠자리에서 입을 맞춘다면*
*고인이 된 남편을 두 번 죽이는 것이옵니다.*

극중 왕 *왕비의 말이 진심임을 의심치 않소.*
*하지만 인간은 결심한 것을 깨기 일쑤지.*
*의지는 기억의 노예에 불과한 것.*
*태어날 때의 기세는 오래 버티지 못해서*
*설익은 과실처럼 지금은 가지에 매달려 있지만*
*익으면 흔들지 않아도 땅에 떨어지게 마련이오.*
*스스로 걸머진 빚은*
*갚는 것을 잊는 것이 인지상정.*
*격정에 쌓여 스스로 약정한 것은*
*그 격정이 식으면 그 결심도 사라지는 법이오.*

*슬픔이든 기쁨이든 일단 그 격렬함이 사그라지면*
*실행 의지도 없어지고 마는 것이오.*
*기쁨이 가장 넘치는 곳에서 슬픔도 가장 크게 탄식하는 법.*
*사소한 일로 기쁨과 슬픔이 자리를 바꾸지.*
*세상은 영원한 것이 아니니, 우리의 사랑도*
*운명과 더불어 변하는 것이 전혀 이상한 일이 아니오.*
*사랑이 운명을 이끄느냐, 운명이 사랑을 이끄느냐,*
*이는 아직도 해답을 얻지 못한 인생의 문제요.*
*권력자가 몰락하면 측근도 떠나가고,*
*미천한 사람도 출세하면 원수도 친구가 되지 않소?*
*이는 사랑이 운명의 종이라는 증거이지.*
*재물을 가진 자는 친구가 부족한 일 없지만*
*가난한 자는 진실치 못한 친구를 시험하려다*
*당장 원수를 만들고 말지.*
*다시 처음으로 돌아가 정리해보면*
*우리의 의지와 운명은 서로 상반되게 움직여*
*우리의 의지는 항상 뒤집히고 마는 것이오.*
*생각은 우리가 하지만, 그 결과는 우리 뜻대로 되지 않는 법.*
*그러니 지금은 재혼할 생각이 없겠지만,*
*내가 죽으면 왕비의 그런 생각도 따라 죽고 말거요.*

**극중 왕비** *비록 대지가 양식을, 하늘이 빛을 베풀지 않고*

*낮의 즐거움과 밤의 휴식 빼앗기고,*
*믿음과 희망이 절망으로 변하고,*
*옥에 갇혀 평생 살아도,*
*기쁨을 덮치는 온갖 재앙이*
*내 소망을 덮쳐 부수고, 영겁의 고뇌가*
*이승뿐 아니라 저승까지 좇아온다 해도*
*한번 남편을 여윈 몸 어찌 재가하리요!*

**햄릿** 저렇게 굳은 맹세를 깨뜨리면 어쩌나?

**극중 왕** *굳은 맹세로군! 사랑하는 왕비여, 잠시 날 혼자 있게 해주오.*
*기운이 없구려. 한숨 자고 나면*
*이 지루한 날이 좀 달래질 것 같소.*

**극중 왕비** *잠이 폐하의 머리를 식혀주어*
*재앙이 우리 사이 갈라놓지 않기를 바라옵니다!*

(극중 왕비 퇴장하고 극중 왕은 잠이 든다.)

**햄릿** 어마마마, 연극이 마음에 드십니까?

**왕비** 왕비의 맹세가 좀 과한 것 같구나.

**햄릿** 아, 하지만 맹세는 지킬 겁니다.

**왕** 왕자는 연극 줄거리를 들었느냐? 해괴한 장면은 없을 테지?

**햄릿** 아뇨, 전혀 없습니다. 이건 그저 장난일 뿐입니다. 독살도 장난이구요. 불온한 내용은 전혀 없습니다.

**왕** 연극의 제목이 무어냐?

**햄릿** <쥐덫>입니다. 거참, 기가 막힌 비유죠. 이 연극은 비엔나에서 일어난 살인 사건을 그린 겁니다. 곤자고는 공작의 이름이고, 그의 아내는 뱁티스타라고 합니다. 이제 곧 보시겠지만 이건 아주 나쁜 놈 이야기입니다. 하지만 그게 무슨 상관이겠습니까? 폐하와 저처럼 양심이 깨끗한 사람들에겐 아무 영향도 미치지 않습니다. 찔리는 게 있는 자들은 제 발이 저려오겠지만, 우리는 떳떳하잖습니까.

루시어너스 등장

**햄릿** 저건 왕의 조카인 루시어너스라는 자입니다.[7]

**오필리어** 왕자님은 해설해주는 코러스 같습니다.

**햄릿** 난 그대들이 시시덕거리는 수작만 보아도 그대와 애인 사이에 무슨 일이 있었는지 설명할 수 있소.

**오필리어** 왕자님, 말씀에 날이 서 있습니다. 날카롭게.

**햄릿** 내 물건의 날을 없애려면 앓는 소리 좀 내야 할 거요.[8]

**오필리어** 점입가경이십니다.[9]

---

7) 햄릿은 숙부의 아버지 살해를 살짝 바꾸어 조카가 숙부를 독살하는 것으로 설정하였다.

8) 오필리어가 앞 대사에서 날이 선(keen)이란 단어를 사용하자 그것을 받아 자기의 물건이 날카롭게 서면(keen), 그것의 날카로움을 없애기 위해(take off my edge) 신음소리를 내야 할거라는 뜻으로 대단히 성적인 말장난이다.

9) 오필리어는 햄릿의 말이 더 날카로워져서 더 못마땅해진다(Still better, and worse)라고 대답했는데 가독성을 위해 의역하였다.

**햄릿** 여자들은 남편을 거짓으로 그렇게 맞이하지.[10]—이제 시작해라. 살인자야! 얼굴만 찌푸리지 말고 어서 시작하라고! 자, '까마귀는 까악까악 복수를 외친다'부터!

**루시어너스** *생각은 사악하고, 손은 날렵하고. 독약은 강하고, 때는 무르익었다.*
*아무도 보는 이 없으니 하늘이 나를 돕는구나.*
*한밤중에 독초를 캐다가 만든 흉악한 혼합물이여.*
*헤카테*[11]*의 주문 외며 세 번 말리고, 세 번 독기 쐰*
*그대 천연의 마력과 무서운 효력 발휘하여*
*저 멀쩡한 목숨을 당장 끊어다오.*

(독약을 잠든 왕의 귀에 붓는다)

**햄릿** 저자는 왕위를 빼앗기 위해 정원에서 왕을 독살하는 겁니다. 왕의 이름은 곤자고입니다. 이 얘긴 수려한 이탈리아 어로 쓰여 현존하고 있습니다. 이제 곧 보시겠지만, 저 살인자는 왕비의 사랑까지 얻게 됩니다.

**오필리어** 폐하께서 자리에서 일어나십니다.

**햄릿** 이런, 공포탄에 놀랐단 말인가?

---

10) 바로 앞에서 오필리어가 Still better, and worse.라고 한 말을 목사님들이 혼인 선서를 할 때 언급하는 말인 For better for worse(좋을 때나 나쁠 때나)으로 받아들여 맞받아 치고 있다. 이런 혼인 서약과 달리 여자들이 변심하는 것을 공격하는 것이다.

11) 원래는 '야성' 또는 '출산'의 여신이었다가, 이 여신은 점차 저승세계와 암흑, 마법 등을 관장하는 여신으로 성격이 변화되었다.

**왕비** 어쩐 일이십니까, 폐하?

**폴로니어스** 연극을 중지하라.

**왕** 불을 가져와라. 가자!

**폴로니어스** 횃불을 가져와라, 횃불, 횃불을!

(햄릿과 호레이쇼만 남고 모두 퇴장)

**햄릿** (노래한다)

*울어라 울어, 화살 맞은 사슴아*
*놀아라 놀아, 성한 사슴아*
*밤에 잠자는 자도 있고, 잠 못 자는 자도 있고,*
*세상만사 그렇게 흘러가는 것.*

어때 이만하면 나중에 팔자가 기구해지면 나도 극단에 낄 수 있지 않겠나? 옷에 깃털 장식 잔뜩 붙이고, 신발 코에 큼지막한 장미꽃을 달고 나서면 말이야.

**호레이쇼** 배우 반 사람 몫은 하실 것 같습니다.

**햄릿** 무슨 말인가, 온전히 한 사람 몫이지.

*그대는 알겠지, 오. 다몬*[12]*이여*

---

12) 다몬과 핀티아스는 고대 여러 문헌에 등장하는 인물들로 이상적인 우정의 대명사이다. 그 중 한 에피소드에서 핀티아스는 로마 왕과 귀족들을 비난하다 사형을 선고받는다. 그는 고향의 부모에게 마지막 작별인사를 하고 올 것을 청하지만 그가 도망갈 걸 걱정한 왕은 이를 허락하지 않는다. 이때 다몬이 대신 인질을 자청한다. 공교롭게도 핀티아스는 폭우를 만나 약속한 시간에 돌아오지 못했지만 다몬은 끝까지 친구에 대한 믿음을 잃지 않는다. 이들의 우정에 감동한 왕이 핀티아스를 용서해주었다. 햄릿은 호레이쇼를 그런 다몬에

*이 나라는 주피터 신[13]을 빼앗기고*
*지금 이 땅을 다스리는 자는*
*바로 바로 비열한.[14]*

**호레이쇼** 운을 맞추시면 더 좋겠는데요.

**햄릿** 아, 호레이쇼. 이제 망령의 말에 천금을 걸겠네. 자네도 보았지?

**호레이쇼** 예, 잘 보았습니다, 왕자님.

**햄릿** 독살 얘기 할 때 보았나?

**호레이쇼** 예, 똑똑히 봤습니다.

**햄릿** 하하! 자, 풍악을 울려라! 자, 피리를 가져와라!
국왕 폐하는 희극이 싫으시단다.
뭐 싫으면 싫으신 게지.
자, 풍악을 울려라!

로젠크랜츠와 길덴스턴 등장

**길덴스턴** 왕자님, 한 마디 아뢸까 하옵니다.

**햄릿** 천 마디 해도 괜찮네.

**길덴스턴** 왕자님, 국왕 폐하께서—

**햄릿** 그래, 폐하가 뭘?

---

비교하고 있다.

13) 햄릿 선왕을 가리킨다.

14) 성품이 천하고 어리석으며 하는 짓이 너절한 사람이란 뜻으로 현왕인 숙부를 가리킨다.

**길덴스턴** 물러가신 뒤, 몹시 안 좋으십니다.

**햄릿** 왜, 술을 많이 드셨나?

**길덴스턴** 아니옵니다, 왕자님, 화 때문이십니다.

**햄릿** 그렇다면 전의를 부르는 게 더 현명한 일 아닐까? 내가 처방했다간 그 화병이 더 심해질지도 모르니.

**길덴스턴** 황송하오나 왕자님, 제 요지에서 너무 벗어나지 마시고 조리 있게 말씀해 주십시오.

**햄릿** 잘 알아 모시겠습니다. 말씀해 보시지요.

**길덴스턴** 실은 왕비마마께서 너무 마음이 괴로워서 소신을 보내셨습니다.

**햄릿** 아주 잘 오셨습니다.

**길덴스턴** 왕자님, 지금 그런 인사치레는 온당치 않습니다. 황공하오나 사리에 맞게 대답해 주시면 왕비마마의 분부를 전해드리겠습니다만, 그렇지 않으시면 이만 물러갈까 하옵니다.

**햄릿** 이 양반아, 그렇게 할 수는 없네.

**로젠크랜츠** 무슨 말씀이신지요, 왕자님?

**햄릿** 사리에 맞게 대답하는 것 말일세. 나는 머리가 돌았잖은가. 하지만 할 수 있는 대답이라면 내 자네 분부에, 아니, 자네 말대로 어마마마 분부에 따르지. 그러니 잔소리 말고 용건을 말하게. 어마마마가 어떻다는 건가?

**로젠크랜츠** 그럼 왕비마마의 말씀을 아뢰겠습니다. 왕자님 행동에 경악과 놀람을 금치 못하신다 하옵니다.

**햄릿** 그렇게 목석같은 어머니를 놀라게 하다니 거 참 기특한 자식이로군! 어머님이 그렇게 놀라서서 어쩌라는 겐가? 계속 말해보게.

**로젠크랜츠** 왕비마마께서 잠자리에 드시기 전에 침소에서 말씀을 나누고 싶다 하셨습니다.

**햄릿** 지금 어머니보다 열 곱절 되더라도 복종하겠네.[15] 자, 또 무슨 용무가 있나?

**로젠크랜츠** 왕자님, 예전에는 저희를 무척 아끼셨습니다.

**햄릿** 지금도 그래. 이 훔치기쟁이 두 손[16]에 걸고 맹세하네만.

**로젠크랜츠** 왕자님, 근래 울적하신 이유를 말씀해 주십시오. 친구에게조차 고뇌를 숨기는 건 왕자님 스스로 자유를 버리고 방문을 걸어 잠그는 것과 같습니다.

**햄릿** 이보게, 출세길이 막혀서 그렇다네.

**로젠크랜츠** 그게 무슨 말씀이십니까, 국왕 폐하께서 왕자님을 덴마크 왕위 계승자로 선언하셨지 않습니까?

**햄릿** 아, 그야 그렇지만 '풀이 자라기를 기다리다—'[17] 이 속담은 너무 진부하군.

---

15) "지금 어머니보다 열 곱 절 더 나쁜 어머니이더라도"라는 뜻이다.

16) 햄릿은 두 손을 가리켜 '집어가는 것들과 훔치는 것들'(these pickers and stealers)이라고 말한다. 결국 남의 왕관을 날치기한 왕을 상기시키는 표현이다.

17) "풀이 자라기를 기다리는 동안 말은 굶어죽는다"(While the grass grows, the horse starves.)는 속담을 가리킨다.

배우들 피리를 들고 등장

아, 피리, 하나만 줘 보게. 저리 좀 가세. 자넨 날 함정에 몰아넣으려는 것처럼 어쩌자고 자꾸 날 떠보고 그러나?

**길덴스턴** 죄송합니다, 왕자님. 제 임무 수행이 무엄했다면 그건 다 왕자님에 대한 충정 때문입니다.

**햄릿** 무슨 소릴 하는지 잘 모르겠군. 이 피리 좀 불어보게.

**길덴스턴** 불 줄 모릅니다, 왕자님.

**햄릿** 한번 불어보게나.

**길덴스턴** 정말 불 줄 모릅니다.

**햄릿** 제발 부탁이니, 어서.

**길덴스턴** 손도 댈 줄 모릅니다, 왕자님.

**햄릿** 거짓말하는 것만큼 쉽다네. 이렇게 구멍을 손가락으로 막고 입을 대고 불기만 하면 되는 거야. 그럼 아마 멋진 가락이 흘러나올 걸세. 이것 봐, 이 구멍들을 누르라고.

**길덴스턴** 하지만 조화로운 소리를 낼 줄 모릅니다. 그런 재주가 없습니다.

**햄릿** 그렇다면 자넨 날 얼마나 하찮게 봤단 말인가? 내 구멍을 알아내서 내 마음속 비밀을 캐내고, 가장 낮은 음부터 가장 높은 음까지 소리를 내보려고 하지 않았는가? 이 작은 기관 속에는 많은 음악과 훌륭한 소리가 들어 있지. 하지만 자네가 그걸 소리 나게 할 수는 없어. 그래 이 사람아, 날 다루기가 피리 불기보다 쉬울 줄 알았나? 날 무슨 악기 취급해도 상관없네만 날 화나게 할 뿐, 소리 나게 하지는 못할 걸세.

폴로니어스 등장

**햄릿** 신의 은총이 있기를, 재상.

**폴로니어스** 왕자님, 왕비마마께서 당장 하실 말씀이 있다고 하십니다.

**햄릿** 저기 저 낙타처럼 생긴 구름 보이시오?

**폴로니어스** 전체적으로 정말 낙타 같습니다.

**햄릿** 아냐, 족제비 같은데.

**폴로니어스** 등이 족제비 같습니다.

**햄릿** 고래 같기도 하고.

**폴로니어스** 정말 고래 같습니다.

**햄릿** 그럼 곧 어머님을 찾아뵙겠소.
(방백) 이것들이 완전히 나를 갖고 노는군. 곧 가겠소.

**폴로니어스** 그렇게 아뢰겠습니다. (퇴장)

**햄릿** 곧 가 뵙겠다고 말하기는 쉽지. 이보게들 물러가게.

(햄릿만 남기고 모두 퇴장)

지금은 마녀들이 활개 치는 한밤중.
무덤이 입을 벌리고, 지옥이 세상 향해 독기를
내뿜는 시각. 지금이면 나도 뜨거운 피를 마시고
낮이라면 차마 볼 수 없는 그런 끔찍한 짓도
저지를 수 있다. 가만, 이제 어머니에게 가 보자.

오 내 마음아, 천륜을 잊지 마라. 폭군 네로의 혼[18]을
이 굳은 가슴에 받아들이지 말자.
심하게 대하더라도 천륜은 잃지 말자.
말비수로 찌를지언정 진짜 비수는 사용하지 말자.
이 일에 있어서는 내 혀와 영혼이 서로 배신하길.
거친 말로 책망할지언정
내 영혼이 절대 그 말의 실행에는 응하지 않기를. (퇴장)

18) 로마의 황제로 모친을 살해했다.

# 3막 3장

왕, 로젠크랜츠, 길덴스턴 등장

**왕** 이제 햄릿 꼴도 보기 싫고, 그의 광기를 저리 방치하는 건
짐의 안위에 위험하다. 그러니 어서 준비를 하라.
위임장은 곧 보낼 터이니
햄릿과 함께 영국으로 출발하라.
시시각각 그의 머릿속에서 자라고 있는 위험을
가까이 두고는 내 보위가
안전치 못하리라.

**길덴스턴** 곧 채비를 하겠습니다.
폐하께 의지하여 목숨을 이어가는
만백성의 안위를 보존하고자 하는
참으로 거룩하시고 섬세한 배려이옵니다.

**로젠크랜츠** 사사로운 일개 개인도 마땅히
온 힘과 꾀를 통해 일신의 안전을
도모해야 하거늘 하물며 이 나라
만백성의 생명이 달려 있는 폐하의 안위야
어찌 더하지 않겠습니까? 폐하의 승하는
폐하 한 몸에 그치지 않고 마치 소용돌이 같아
주위의 모든 것을 빨아들입니다. 혹은 아주 높은
산꼭대기에 놓인 거대한 수레바퀴와 같이
그 커다란 바퀴살마다 무수히 많은 작은
부속물들이 달려있어 이것이 굴러 떨어지면
거기 매달린 온갖 부속물도 무참히
파멸될 것입니다. 폐하의 탄식은 폐하만의 것이 아니고
만백성의 신음 소리가 될 것입니다.

**왕** 그러니 어서 준비하여 곧 떠나도록 하라.
이제 너무나 제멋대로 나대는
이 걱정거리에 족쇄를 채워야겠으니.

**로젠크랜츠** 예, 서두르겠사옵니다.

(로젠크랜츠, 길덴스턴 퇴장)

폴로니어스 등장

**폴로니어스** 폐하, 왕자님께서 왕비마마 침소로 가고 계십니다.

신은 휘장 뒤에 숨어 두 분 대화를 엿듣겠습니다.
물론 왕비마마께서 엄하게 꾸짖으시겠지만
폐하의 말씀대로— 참으로 지당하신 말씀이라—
어머니 외 다른 사람이 듣는 게 좋을 듯하옵니다.
모자간의 정으로 아드님 생각에 치우치실 수도
있으니까요. 이만 물러가겠습니다, 폐하.
침소에 드시기 전에 찾아뵙고
들은 바를 아뢰겠습니다.

**왕** 고맙소, 경.

(폴로니어스 퇴장)

아, 내 죄의 악취가 하늘까지 진동하는구나.
인류 최초의 저주를 받은 범죄,
형제의 살인.[1] 기도드리고 싶은 마음은
간절하나 기도할 수가 없구나.
내 죄가 너무 무거우니 강한 의지도 꺾여 버리는구나.
두 가지 일에 양다리를 걸친 사람처럼
뭐부터 해야 할지 몰라 망설이다
아무 것도 못하는구나. 비록 이 저주받은 손에
형의 피가 엉겨 붙어 두꺼워졌다 할지라도

---

1) 구약성경, 창세기에 나오는 인류 최초의 살인으로 하나님의 편애에 시기심을 느낀 카인이 동생 아벨을 죽인 형제 살인이다.

하늘이 자비로운 비를 억수같이 내려주어
눈처럼 희게 씻어줄 수는 없을까? 죄와 맞대결하게
하지 못한다면 자비가 무슨 소용인가?
죄를 미리 막아 주고, 또 저지른 죄악을
용서해 주는 이중의 공덕이 없다면
기도는 드려 무엇 하나? 그렇다면 하늘을 우러러보자.
내 죄는 이미 지나간 일. 그러나 어떤 기도를
드려야 알맞을까? '무도한 살인죄를 용서 하소서?'
그건 안될 말. 나는 살인의 결과 얻은 이득을
아직도 움켜쥐고 있지 않은가.
왕관과 야망, 왕비를.
죄로 얻은 소득을 지닌 채 그 죄를 용서받을 수 있을까?
이 썩어빠진 세상에선 죄로 더럽혀진 손도
황금으로 덧칠하면 정의를 밀쳐낼 수 있고
부정하게 긁어모은 바로 그 재물로 법을 매수하는 건
흔히 볼 수 있지. 하지만 하늘에서는 그게 통할 리 없어.
속임수는 통할 리 없어. 하늘에서 우리 행위는
있는 그대로 드러나고, 우리는 자신의 죄와 마주 하면서
입증해야 하지 않는가. 그럼 어떡한다? 무슨 수가 남았지?
회개를 해보자. 회개해서 안 될 일 있겠는가?
하지만 회개할 수도 없을 땐 어찌 하나?

아, 비참한 이 신세! 오, 죽음같이 어두운 이 가슴 속!
덫에 걸린 내 영혼, 빠져 나오려고 발버둥 칠수록
더욱 옭아매지는구나! 천사들이여, 도와주소서! 한번 해보자.
자, 완고한 무릎이여, 꿇어라. 강철같이 굳은 심장아,
갓난아기 힘줄처럼 부드러워져라.
모든 것이 다 잘 되기를. (무릎 꿇는다)

햄릿 등장

**햄릿** 저 자가 기도하고 있구나. 절호의 찬스다.
지금 해치우자. (칼을 빼든다)
그러면 저 자는 천당으로 가고
나는 복수를 하는 게지. 가만, 이건 좀 생각해볼 문제군.
저 악당이 아버님을 살해했는데 그 대가로
외아들인 내가 저 악당을
천국으로 보낸다?
아니, 이건 복수가 아니라 사례 받고 해줄 일 아닌가.
저 자는 아버님을 현세의 온갖 욕망에 푹 빠지고
죄악이 오월의 꽃처럼 만개했을 때 살해하지 않았는가.
아버님이 어떤 심판을 받을지는 하늘만 알겠지만
여러 정황으로 볼 때 중형을 면키는
어려울 것이다. 그런데 이제 저자가 영혼을 정화하여

천국에 갈 준비를 잘 하고 있는 판에 죽여 버린다?
안될 말씀.
칼아, 다시 칼집으로 돌아가 더 끔찍한 순간을 기다려라.
왕이 술에 취해 잠들거나, 노여움에 사로잡혀 있을 때,
이불 속에서 근친상간의 쾌락을 탐닉할 때,
노름을 하면서 욕설을 퍼부을 때, 아님 구원받을
가망이 전혀 없는 그 어떤 못된 짓을 하고 있을 때
그를 쓰러뜨리자. 그러면 저 자는 천당을 발뒤꿈치로 걷어차고,
지옥만큼 영혼이 시커멓게 물들어
지옥으로 떨어질 것이다. 어머니가 기다리시겠다.
이 기도는 그대 고통의 날만 연장할 뿐이다. (퇴장)

**왕** 말은 하늘로 날아갔지만, 생각은 지상에 남아 있구나.
마음이 담기지 않은 빈 말이 어찌 하늘에 이르랴. (퇴장)

# 3막 4장

왕비와 폴로니어스 등장

**폴로니어스** 곧 오십 겁니다. 따끔하게 꾸짖으십시오.
장난이 너무 지나쳐 참는 데도 한도가 있고
마마께서 중간에 끼여 폐하의 진노를 달래고 있다
말씀하십시오. 신은 여기 조용히 숨어있겠습니다.
부디 따끔하게 말씀하십시오.

**왕비** 내 염려는 마시고
어서 숨기나 해요. 햄릿이 오는 소리가 들리오.

(폴로니어스 휘장 뒤에 숨는다.)

햄릿 등장

**햄릿** 어마마마, 무슨 일이십니까?

**왕비** 햄릿, 너 때문에 아버님께서 무척 화가 나셨다.

**햄릿** 어머니, 어머님 때문에 제 아버님도 무척 화가 나셨습니다.

**왕비** 이런 이런, 도대체 무슨 대답이 그러냐?

**햄릿** 저런 저런, 도대체 질문이 왜 그러십니까?

**왕비** 아니, 햄릿?

**햄릿** 네, 뭐요?

**왕비** 넌 내가 누군지도 잊었느냐?

**햄릿** 아니, 십자가에 맹세코 천만에요.
어머님은 왕비마마시고 남편 동생의 부인이시죠.
그리고 그렇지 않으면 좋겠지만, 제 어머니십니다.

**왕비** 정 그렇다면 너와 제대로 얘기 나눌 사람을 불러주마.

**햄릿** 자자, 이리 앉으세요. 꼼짝 못 하십니다.
소자가 거울로 어머니 마음속을 환히
보여드릴 때까진 못 가십니다.

**왕비** 대체 어쩔 셈이냐? 날 죽일 작정이냐?
여봐라, 사람 살려!

**폴로니어스** (휘장 뒤에서) 이크, 사람 살려!

**햄릿** 이건 뭐야! 쥐새끼 같으니. 뒈져라, 뒈져.

(휘장 속으로 칼을 찌른다.)

**폴로니어스** (휘장 뒤에서) 아, 난 살해당했다!

**왕비** 맙소사, 이게 무슨 짓이냐?

**햄릿** 저도 모르겠습니다.
왕인가요?
(휘장을 들춰보고 폴로니어스가 죽어 있는 걸 본다.)
**왕비** 아, 이 무슨 경솔하고 잔인한 짓이냐!
**햄릿** 잔인한 짓이라고요? 그렇지요, 왕을 죽이고
왕의 동생과 결혼한 것만큼이나 잔인한 짓이지요.
**왕비** 왕을 죽이다니?
**햄릿** 예, 왕비마마, 그렇게 말했습니다.—
불쌍한 인간. 바보같이 경망스레 참견하더니, 잘 가시오!
그대 상전인 줄 알았소. 이것도 그대 팔자소관,
이젠 잘 알았겠지. 너무 오지랖 넓으면 위험하다는 걸.
손 좀 그만 쥐어짜세요. 진정하고 앉으세요.
소자가 그 가슴을 쥐어짜 드릴 테니. 도리가
통하지 않을 만큼 무쇠덩어리가 아니라면 말입니다.
더러운 습관에 젖어 인간의 감정이
뚫고 들어갈 수 없게 철벽이 된게 아니라면 말입니다.
**왕비** 이 어미가 도대체 뭘 어쨌다고, 그렇게 무엄하게 혀를
놀리는 거냐?
**햄릿** 정숙함과 수줍음을 먹칠하고
정절을 위선이라 불리게 하고
순수한 사랑의 이마에서 장미꽃을 떼어버리고

그 자리에 물집이 생기게 하고 , 결혼의 맹세를
노름꾼들의 약속처럼
거짓되게 만드는 행동을  하시지 않았습니까?
부부의 결혼 서약에서 그 혼을 빼 버리고
신성한 서약을 한낱 헛말의 잔치로
만들어 버린 오, 그런 행위
그 행동에 하늘도 낯을 붉히고 이 반석 같은
대지 위를 내려다보고 최후의 심판일이 다가온 듯
수심에 잠겨 있지 않습니까.

**왕비** 아니 내가 뭘 어쨌다고
서두부터 그렇게 소리를 지르고 야단법석이냐?

**햄릿** 자, 이 그림을 보십시오. 그리고 이 그림을 보시구요.
두 형제를 그린 초상화입니다.
자, 이 이마에 서린 고귀한 기품을 보십시오.
히페리온같이 물결치는 머리카락, 주피터 같은 이마,
주위를 위압하는 군신 마르스와 같은 눈빛,
전령의 신 머큐리가 하늘을 찌를 듯한
산봉우리에 막 내려선 것 같은 자태,
이 조합과 형태는 정녕
하늘의 신들이 진정한 인간을 세상에
보여주기 위해 본보기로 만든 것 같습니다.

이 분이 어머님의 전 남편이셨습니다. 이제 이걸 보시죠.
어머니의 지금 남편입니다. 건강한 형을
말려 죽인 인간입니다. 눈이 있으신 겁니까?.
어찌 이 아름다운 산에서 내려와 이 황야에서
먹이를 찾으십니까? 하, 눈이 있으시냐구요?
사랑이라 말할 수는 없습니다. 어머니 연세쯤이면
피 속의 욕정도 식어서 순해지며 분별심에
복종할 테니까요? 어떤 분별심이
여기서 이리로 옮기게 했습니까? 옮기신 걸 보니
감각도 있으실 텐데 그 감각이 이제
졸증에 걸린 겁니까? 어떤 미치광이라도 이런 실수는
하지 않을 테니까요. 광증에 빠진 감각이라 해도
이런 차이를 구분 못할 만큼 판단력을
잃진 않을 겁니다. 어떤 악귀에 홀려
눈 뜬 장님이라도 되셨나요?
촉각 없어도 눈 있고, 시각 없어도 촉각이 있고,
손과 눈 없어도 귀 있고, 다 없어도 후각이 있잖습니까?
올바른 감각이 조금만 남아 있어도 이렇듯 어리석을
수는 없습니다. 아 수치심아, 네 부끄러움 어디 갔느냐?
반란을 일삼는 지옥 같은 욕정아,
늙은 여체에도 반란을 일으킬 수 있다면

피 끓는 청춘들에게서 미덕이 양초처럼 녹아 없어지는
것도 당연한 일. 가눌 수 없는 정욕이 샘솟아도
부끄럽다 할 것 없다.
차가운 서리[1]도 불타오르고 이성이 정욕의
뚜쟁이 노릇을 하는 판이니.

**왕비** 오 햄릿, 그만해라.
네 말을 들으니 내 눈이 내 영혼을 들여다보는구나.
거기서 지워지지 않을 시커먼
얼룩들이 보이는구나.

**햄릿** 지워지지 않죠.
더럽고 땀범벅이 된 이불 속에 들어가,
타락에 절어, 더러운 돼지와 같은 자와
사랑을 속삭이며 사는 한 말입니다.

**왕비** 아. 이제 그만하거라
네 말이 비수처럼 내 귀를 찌르는구나.
제발 그만해라, 햄릿.

**햄릿** 살인자, 악당,
선왕의 발가락 때만도 못한 노예 같은 자,
왕들 중 악당,
선반 위에서 지엄한 왕관을 훔쳐

---

1) 나이든 거트루드를 비유하는 표현이다.

제 호주머니에 처넣어 나라와 통치권을 훔쳐간
소매치기.

**왕비** 제발 그만.

**햄릿** 거지발싸개 같은 왕.

유령 등장

오, 하늘의 천사들이여, 그대들의 날개로
나를 가려 보호해 주소서! (유령에게) 어인 일이십니까?

**왕비** 아아, 왕자가 미쳤구나.

**햄릿** 불초자식이 꾸물댄다고 꾸짖으러 오셨나요?
때를 놓치고 감정도 식어 당신의 지엄한
명령을 이행하지 않았다고?
말씀해 보세요.

**유령** 잊지 마라! 이렇게 내가 찾아온 건
무디어진 네 결심의 날을 벼려주기 위해서다.
하지만 봐라, 네 어미가 저렇게 놀라 떨고 있지 않느냐?
저 영혼의 번뇌를 속히 덜어 드려라.
심약할수록 고민은 더 강하게 작용하는 법.
햄릿, 어머니께 말을 걸어드려라.

**햄릿** 왕비마마 좀 어떠십니까?

**왕비** 아아, 너야말로 괜찮느냐?

그렇게 눈을 부릅뜨고 허공을 바라보며,
텅 빈 공기와 얘길 하다니?
네 번득이는 눈에 너의 광기가 비치는구나.
잠자다 경보 소리에 놀라 깨어난 병사처럼
곱게 빗은 네 머리칼이 마치 생명이라도 지닌 듯
가닥가닥 곤두서고 있다. 오, 사랑하는 아들아,
네 병든 마음의 열과 불길에 차가운 인내심을
뿌려다오. 도대체 뭘 그렇게 보느냐?

**햄릿** 아 저 분! 저 분요! 창백한 얼굴로 쳐다보시잖아요?
저 모습과 저 원통한 사연을 들으면
돌들도 마음이 동할 겁니다. 제발 그렇게 쳐다보지 마세요.
그렇게 애처로운 표정을 보면 제 굳은 결심이
꺾일까 두렵습니다. 그렇게 되면 제 할 일은
본색을 잃고, 피 대신 눈물을 흘릴 겁니다.

**왕비** 도대체 누구에게 그런 얘기를 하는 거냐?

**햄릿** 저기 아무 것도 안 보이세요?

**왕비** 아무 것도 안 보인다. 있는 건 다 보인다만.

**햄릿** 아무 소리도 안 들리세요?

**왕비** 전혀, 우리 두 사람 말소리 빼고는.

**햄릿** 아, 저기 보세요! 소리 없이 사라지고 계십니다.
생전에 입으시던 차림새 그대로입니다!

저기 문밖으로 나가시는 걸 보십시오. (유령 퇴장)

**왕비** 그건 네 머리가 만들어낸 망상일 뿐이다.
실성하면 곧잘 그런 환영을
보게 되지.

**햄릿** 소자의 맥박은 어마마마 것과 똑같이
아주 정상적으로 뛰고 있습니다. 제 말은 절대
미쳐서 하는 소리가 아니에요. 시험해 보시죠.
말씀하시면 그대로 되풀이해 보이죠. 미쳤다면
엉뚱한 데로 튈 테니까요. 어머니,
제발 영혼에다 아첨의 고약을 바르지 마세요.
자신의 죄를 잊고 소자의 광증 탓으로 돌리지 마세요.
고약은 종기의 겉을 덮어줄 뿐, 더러운 염증이
점점 살 속으로 번져 들어가 보이진 않지만
감염시킵니다. 하늘에 죄를 고백하고
과거를 뉘우치고, 미래의 죄악을 피하세요.
죄악의 잡초에 비료를 뿌려 더 무성하게 만들지
마십시오. 이렇게 무엄하게 직언 드리는 걸 용서하세요.
하긴 요즘같이 타락한 세상에서는
미덕이 악덕에게 용서를 빌어야 하는 실정이죠.
선행을 베풀면서도 머리를 숙이고 허락을 간청해야 하고.

**왕비** 아 햄릿, 네가 내 심장을 둘로 쪼개는구나.

**햄릿** 아 그럼 나쁜 쪽 심장은 도려내고
나머지 반쪽으로 좀 더 깨끗하게 살아가세요.
안녕히 주무세요. 하오나 숙부의 침실에는 가지 마세요.
정절이 없거든 있는 척이라도 하세요.
습관이란 괴물은 인간의 모든 감각이 악습을
집어 삼키게 하지만, 천사 같은 면도 있어
바르고 착하게 행동하는 습관도
마찬가지로 우리 몸에 잘 배게
마련입니다. 오늘밤만 참으세요.
그럼 다음에 절제하는 것은 한결 쉬워지고,
그 다음은 더 쉬워질 겁니다.
이렇게 습관이란 인간의 천성을 바꿀 수 있기 때문에
악마를 우리 정신 속에 살게도, 내쫓게도 할 수 있는
놀라운 힘을 가지고 있습니다. 다시, 안녕히 주무세요.
회개하여 신의 축복을 받고 싶으시다면
소자도 어머님의 축복을 빌겠습니다. 이 영감을 죽인 건
소자가 잘못했습니다. 하지만 모든 게 하늘의 뜻으로
소자를 이용하여 영감을, 영감을 이용하여 절 벌한 겁니다.
저는 신들의 징벌의 대상이기도, 대리인이기도 합니다.
이 자는 제가 처리하고 이 자를 죽인 책임도
지겠습니다. 그럼 다시 한 번 안녕히 주무세요.

소자의 말이 가혹해도 자식 된 도리에서 나온 것입니다.
이건 나쁜 일의 시작일 뿐, 더 나쁜 일들이 남아 있습니다.
한마디만 더 말씀드리겠습니다, 왕비마마.

**왕비** 무어냐?

**햄릿** 소자가 말하는 건 절대 하지 마세요.
돼지 같은 왕이 어머니를 다시 침실로 유혹하여,
볼을 음탕하게 꼬집으며 귀염둥이라고 부르면서
그 냄새 나는 입으로 입맞추고
저주받은 손가락으로 목덜미를 만지작거리거든
이 사실을 다 일러바치세요.
햄릿은 정말 미친 게 아니고
미친 척하는 거라고. 왕에게 알리는 게 좋을 거예요.
아름답고 분별력 있고 현명하신 왕비가 아닐진대
두꺼비, 박쥐, 수고양이[2] 같은 자에게
이런 중대사를 숨기겠어요? 어찌 그러시겠어요?
분별력이니 비밀이니 해도 어림없는 일이죠.
왜 그 유명한 원숭이처럼 자기도 해본다고
집 꼭대기에 걸어둔 새장을 열어
새들을 모두 날려 보내고 새장 속에 기어들어가

2) 이 짐승들은 모두 마녀가 부리는 정령들로 알려져 있다. 결국 숙부를 마녀의 하수인이라고 표현한 것이다.

목뼈나 부러뜨리시지요.[3]

**왕비** 염려 마라. 사람의 말이 숨결에서 나오고,
숨결이 목숨에서 나온다면 네가 한 말을
입 밖에 낼 목숨이 내겐 없다.

**햄릿** 소자는 영국에 가야 합니다. 알고 계시죠?

**왕비** 아 참,
깜빡 잊고 있었구나. 그렇게 결정됐다고 하더구나.

**햄릿** 친서는 이미 봉인됐고, 독사만큼이나
믿음직스러운 동창 두 놈이
왕명을 받든다고 합니다. 이 녀석들이 길잡이가 되어
소자를 함정으로 몰고 갈 모양입니다. 어디 해보라지요.
제 손으로 파묻은 지뢰가 터져서
공중에 날아오르는 꼴도 재미있겠지요.
소자는 그놈들이 묻는 지뢰보다 몇 자 더 파고들어서
놈들을 달나라까지 날려 보낼 겁니다. 거 참, 신나겠군.
두 간계가 한 곳에서 정면으로 부딪치면.
이 영감 때문에 제가 빨리 보따리를 싸게 될 겁니다.
이 뚱보 영감을 옆 방으로 끌고 가야지.

---

3) 새장 문을 열자 새들이 날아가는 것을 보고 원숭이가 그걸 흉내 내다 목이 부러졌다는 이 옛 이야기의 출처는 확인되지 않는다. 햄릿은 자기 비밀을 왕에게 발설하면 그 원숭이 처지가 될 것이라고 왕비에게 경고하고 있다.

어마마마, 정말 안녕히 주무세요. 이 자는
이제야 아주 조용하고, 비밀을 지키고, 진중하군요.
생전에는 어리석게 수다스럽더니.
영감, 갑시다. 끌고 가서 처리해야지.
안녕히 주무세요, 어마마마.

(햄릿, 폴로니어스 시체를 끌고 퇴장) [왕비는 남아 있다.]

# 4막 1장

왕비 있는 곳에 왕, 로젠크랜츠, 길덴스턴과 함께 등장

**왕** 이리 한숨 쉬고, 심히 탄식하는 걸 보니
무슨 일이 있었구려. 말해 보구려. 과인도 알아야겠소.
햄릿은 어디 있소?

**왕비** 잠깐 둘만 있게 해주게.

(로젠크랜츠와 길덴스턴 퇴장)

아, 폐하, 오늘밤 끔찍한 일이 벌어졌습니다.

**왕** 대체 무슨 일이오? 햄릿은 어찌 됐소?

**왕비** 누구 힘이 더 센지 겨루는 바다와 바람처럼
완전히 실성을 해서, 무자비한 광기에 사로잡혀
휘장 뒤에서 인기척을 듣고는 휙 칼을 빼들고
"이 쥐새끼, 쥐새끼 같은 놈!"이라고 소리 지르며

숨어 있던 무고한 노 재상을
찔러 죽였습니다.
왕 아니 그런 끔찍한 짓을!
과인이 그 자리에 있었다면 과인이 당할 뻔했군.
햄릿을 이대로 두었다간 모두에게 큰 위협이 되겠소.
당신도, 과인도, 모두 다 말이오.
대체 이 잔인한 행동에 대해 뭐라 해명한단 말인가?
세상 사람들은 날 책망할 거요. 미친 왕자를
미리 경계하여 구금하고, 격리 했어야
했다고. 허나 햄릿을 너무 사랑하다 보니
적절한 조처를 생각하려 하지 않았구려.
오히려 나쁜 질병을 앓는 환자처럼
드러날까 봐 두려워 숨기다 목숨까지
빼앗긴 꼴이오. 그래 햄릿은 어디로 갔소?
왕비 자기가 죽인 시체를 끌고 갔습니다.
천한 암석 속에 숨어있는 보석처럼
광란 중에도 한 줄기 맑은 정신이 남아 있는지,
제가 저지른 일에 눈물을 흘리더군요.
왕 자 왕비, 안으로 듭시다!
날이 밝아 해가 뜨는 대로 햄릿을 배에 태워
떠나보내야겠소. 이 끔찍한 행동에 대해서는

과인의 권위와 수완을 동원하여
변명할 수밖에 없겠소. 여봐라! 길덴스턴!

로젠크랜츠와 길덴스턴 등장

**왕** 두 사람은 도울 사람을 더 불러와라.
햄릿이 미쳐 날뛰다가 폴로니어스를 죽였다.
왕비의 침소에서 시체를 끌고 어디론가 간 모양인데
가서 햄릿을 찾아라. —잘 타일러서— 시체를
성당으로 옮기도록 하라. 어서 서둘러라!
(로젠크랜츠와 길덴스턴 퇴장)
왕비, 어서 가서 현명한 중신들을 불러 모아
과인의 계획을 알리고 뒤늦게 취해진 대책을
알려야겠소. [세상의 중상모략은]
대포알이 표적을 향해 날아가듯이
지구 이 끝에서 저 끝까지 비방의 화살을 날리는 법.
그러니 이렇게 미리 손을 써야 과인의 명성이
다치지 않을 것이오. 자 갑시다!
마음이 몹시 심란하고 불안하구려. (퇴장)

## 4막 2장

햄릿 등장

**햄릿** 이만하면 잘 숨겼다. (안에서 부르는 소리) 그런데 가만, 저게 무슨 소리야? 누가 햄릿을 부르지? 어, 저기들 오는군.

로젠크랜츠와 길덴스턴 외 몇 명 등장

**로젠크랜츠** 왕자님, 시신을 어떻게 하셨습니까?

**햄릿** 흙이랑 섞었네. 서로 친척지간이니까.

**로젠크랜츠** 어디 두셨는지 알려 주십시오. 시신을 가져가 예배당에 안치하겠습니다.

**햄릿** 믿지 말게.

**로젠크랜츠** 무얼 말씀이십니까?

**햄릿** 내가 자네들 비밀은 지켜주고, 내 비밀은 털어놓을 거라고 말일세. 왕의 아들인 내가 스펀지 같은 것들의 요구에 대답하겠느냐?

**로젠크랜츠** 저희가 스펀지 같은 것들이라는 말씀이십니까?

**햄릿** 암, 그렇고말고. 왕의 총애와 보상, 그의 권세를 빨아들이고 있지 않나. 하긴 왕으로서도 자네들 같은 신하가 끝에 가선 요긴할 테지. 왕은 원숭이처럼 입 안 한쪽에 물고 있다가 마침내 꿀꺽 삼켜 버리지. 왕은 자네들이 빨아들인 것이 필요할 때면 꾹 짜기만 하면 되고, 자네들은 다시 바싹 말라 버리겠지.

**로젠크랜츠** 왕자님, 무슨 말씀이신지 잘 모르겠습니다.

**햄릿** 거참, 반가운 소릴세. 아무리 심한 말을 해도 멍청이들 귀에는 우이독경이니.

**로젠크랜츠** 왕자님, 시신을 어디 두셨는지 말씀해 주시고 함께 어전으로 가셔야 합니다.

**햄릿** 시체는 왕과 함께 있지만 왕은 시체와 함께 있지 않네.
왕이란 것은—

**길덴스턴** 것이라니요, 왕자님?

**햄릿** 별 볼일 없는 것이지. 자, 이제 날 그에게 데려가게.

(퇴장)

# 4막 3장

왕과 두 세 명의 중신들 등장

**왕** 그를 찾아서 시신을 찾아오도록 사람들을 보냈소.
그 애를 마음대로 돌아다니게 하는 건 위험천만한 일이오.
그렇다고 법으로 엄히 다스릴 수도 없소.
왕자는 어리석은 대중들의 사랑을 받고 있으니 말이오.
대중은 이성적 판단이 아니라 눈에 비치는 대로 판단하니,
죄는 생각지 않고 그가 받는 형벌에만
무게를 둔단 말이오. 그러니 만사 원만하게 처리하기 위해
햄릿을 급히 멀리 보내는 것이 신중히 내린 조처인 것처럼
보여야하오. 비상한 병은
비상한 처방으로 치료할 수밖에
달리 도리가 없소.

*로젠크랜츠와 길덴스턴, 그 밖의 사람들 등장*

그래, 어찌 되었느냐?

**로젠크랜츠** 폐하, 왕자님이 시신 감춘 장소를
도무지 말씀해 주지 않사옵니다.

**왕** 그래 왕자는 어디에 있느냐?

**로젠크랜츠** 감시를 붙여 밖에서 분부를 기다리고 계십니다.

**왕** 왕자를 내 앞에 데려 오너라.

**로젠크랜츠** 여봐라! 왕자님을 모셔오너라.

*햄릿 병사들에게 호위되어 등장*

**왕** 햄릿, 폴로니어스는 어디 있느냐?

**햄릿** 식사중입니다.

**왕** 식사중이라고? 어디서?

**햄릿** 먹는 게 아니라 먹히고 있습니다. 지금 약아빠진 구더기 한 무리가 모여서 그를 먹고 있습니다. 구더기는 먹는 일에는 유일한 제왕이지요. 인간은 자신이 살찌자고 뭇 동물들을 살찌우고, 그렇게 스스로 살찌워서는 구더기 밥이 되죠. 살찐 왕이나 마른 거지나 구더기 밥상에 오르는 두 가지 요리일 뿐입니다. 그게 인간의 종말입니다.

**왕** 세상에, 저런!

**햄릿** 어떤 이가 왕을 뜯어먹은 구더기를 미끼로 물고기를 낚아 그 물고기를 먹을 수도 있지요.

**왕** 무슨 뜻으로 하는 얘기냐?

**햄릿** 별 것 아닙니다. 다만 왕이 거지의 뱃속으로 행차할 수도 있다 그 말씀입니다.

**왕** 폴로니어스는 어디 있느냐?

**햄릿** 천국에요. 사람을 보내 알아보시지요. 폐하의 사자가 거기서 찾지 못하거든 폐하께서 몸소 다른 쪽[1]을 찾아보십시오. 그러나 만일 이달 안에 찾지 못하시면 폐하께서 복도로 통하는 계단을 오르실 때 냄새가 날 겁니다.

**왕** (시종들에게) 거기 가서 찾아보아라.

**햄릿** 거기서 자네들이 갈 때까지 가만히 있을 걸세.

(시종들 퇴장)

**왕** 햄릿, 이번 일은 내가 그리도 신경 쓰는
네 신변의 안전 때문에 몹시 유감스러운 일로써
그 때문에 너를 서둘러 이곳에서
떠나보내야 하느니라. 그러니 서둘러 채비해라.
배편은 준비됐고, 마침 순풍이 불고,
일행도 대기 중이니 영국으로 떠날 만반의 준비가
다 되었다.

---

1) 천국의 다른 쪽이니 지옥을 말한다. 이 말에는 클로디어스가 지옥에 갈 사람임을 내비치고 있다.

**햄릿** 영국으로요?

**왕** 그렇다, 햄릿.

**햄릿** 좋습니다.

**왕** 암, 과인의 뜻을 안다면 당연히 그래야지.

**햄릿** 그 뜻을 훤히 들여다보는 천사를 제가 알고 있습니다.
허나 자, 떠나자, 영국으로. 안녕히 계십시오, 어마마마.

**왕** 아바마마라고 해야지, 햄릿.

**햄릿** 어마마마라고 하면 됩니다. 아버님과 어머님은 남편과 아내, 남편과 아내는 일심동체, 그러니까 어마마마라고 하면 되지요. 자, 가자, 영국으로. (퇴장)

**왕** 어서 따라가 보아라. 잘 구슬러 바로 배에 태워라.
지체하지 말고— 오늘 밤 안으로 반드시 떠나보내리라.
가거라! 필요한 절차는 모두 취해 두었으니
어서 서둘러라. (왕 이외 모두 퇴장)
영국 왕이여, 그대가 내 호의를 조금이라도 존중한다면—
내 의뢰를 소홀히 해서는 안 될 것이다.
하기야 내 위력 때문에 존중하지 않을 수 없겠지.
덴마크 군대의 칼이 휩쓸고 간 상처가 아직도 생생하고,
그대 스스로 신하의 예를 표해 왔으니.
내가 친서에 상세히 설명했거니와, 요는
햄릿을 즉시 없애라는 것. 반드시 거행하라, 영국 왕이여!

그가 마치 열병처럼 내 핏속에서 발악하고 있으니
그대가 날 치료해 주어야겠다. 이 일의 성사를 알기 전까진
어떤 행운이 와도 즐겁지 않으리라. (퇴장)

# 4막 4장

포틴브라스, 군대를 이끌고 행군하면서 등장

**포틴브라스** 부대장, 가서 덴마크 왕께 문안인사를 전해라.
지난 번 약조대로 이 포틴브라스가 군대를 이끌고
덴마크 왕국을 통과할 수 있도록 폐하의 윤허를
바란다고 전해라. 만날 장소는 알고 있겠지.
만약 덴마크 왕께서 내게 용무가 있으시면
직접 찾아뵙겠노라고
아뢰라.

**부대장** 예, 분부대로 하겠습니다, 왕자님.

**포틴브라스** 천천히 진군하라. (부대장만 남고 모두 퇴장)

햄릿, 로젠크랜츠, [길덴스턴] 등 등장.

**햄릿** 이보시오, 저들은 어느 나라 군대요?

**부대장** 노르웨이 군대입니다.

**햄릿** 실례지만, 출정 목적이 뭐요?

**부대장** 폴란드의 한 지역을 공격하러 가는 길입니다.

**햄릿** 지휘관은 누구요?

**부대장** 노르웨이 노왕의 조카 포틴브라스 왕자님이십니다.

**햄릿** 폴란드 본토로 쳐들어가는 거요? 아니면 변경 지역을 치는 거요?

**부대장** 솔직히 말씀드리자면
아무 실속도 없이 명분뿐인
손바닥만한 땅을 점령하러 가는 중입니다.
5더컷—단돈 5더컷만 내라 해도 붙여먹지 않을 땅입니다.
노르웨이 왕이건 폴란드 왕이건 그걸 팔려고 하면
그 이상 받기 어려울 겁니다.

**햄릿** 그럼 폴란드 사람들도 구태여 지키려고 하지 않겠군.

**부대장** 웬걸요, 이미 수비대가 배치되었습니다.

**햄릿** 2천 명의 목숨과 2만 더컷의 돈을 퍼부으면서도
이런 하찮은 명분을 문제 삼지 않다니.
나라의 번영과 평화가 지나치면 이런 종양이 생기는 법,
겉으로는 아무 증세도 없지만 안으로 곪아터져
사람들이 죽어나가지. 대단히 고맙소.

**부대장** 이만 실례하겠습니다. (퇴장)

**로젠크랜츠** 왕자님, 그만 가실까요?

**햄릿** 내 곧 뒤따라 갈 테니, 먼저들 가게.

(햄릿만 남기고 모두 퇴장)

아, 만사가 나를 책망하며 무뎌진 복수심을
채찍질하는구나! 인간이란 대체 무엇인가?
하루하루 단지 먹고 자기만 한다면
도대체 짐승과 다를 게 무엇인가?
신이 인간에게 미래와 과거를 살펴볼 수 있는
이성의 크나큰 능력을 주신 것은
쓰지 않아 곰팡이가 슬게 하라는 것은
분명 아니렷다. 짐승같은 망각증 때문인지
아님 일의 결과를
너무 소심하게 염려하는 비겁한 망설임 때문인지—
생각이란 원래 4분의 1만이 지혜이고, 나머지 4분의 3은
비겁함에 지나지 않지.— 그 일을 수행할
의지도 있고, 힘도 있고, 실행할 방법도 있는데 이 일을
해야 한다고 입으로 떠들면서 왜 아직 살아있는 건지 모르겠다.
지구처럼 엄청난 사례들이 날 부추기는데,
수많은 병력과 엄청난 비용을 들인 저 군대 좀 봐라.
게다가 그 군대를 통솔하는 자는 앳되고 젊은 왕자라지.

그의 정신은 고매한 야망에 부풀어
예견할 수 없는 결과 따위는 비웃으며
한 번 죽으면 그만인 목숨을 달걀 껍데기만한
땅덩어리 때문에 운명과 죽음과 위험에
과감히 내던지지 않았는가. 진정 위대한 것은
뚜렷한 명분이 없으면 움직이지 않는 게 아니라
명예가 걸린 문제라면 지푸라기를 위해서라도
당당히 싸우는 것. 그런데 도대체 난 뭔가?
아버님은 살해당하고, 어머님은 더럽혀졌는데도
이성과 정열의 동요를
모두 잠재우고, 이만 명의 군사들이
변덕스럽고 쓸모없는 명예를 위해
대군이 서로 겨루기에도 부족하고
전사자들을 묻을 묘지로도 모자랄
좁은 땅덩어리를 위하여 마치 잠자리에라도 가듯이
무덤을 향해 가는 것을 부끄럽게
보고만 있다니. 자, 지금부터는 내 마음아,
잔인해져야 한다. 그 외 가치 있는 것은 아무 것도 없다.

(퇴장)

# 4막 5장

왕비, 호레이쇼, 신사 한 명 등장.

**왕비** 나 그 애와 이야기 나누고 싶지 않소.
**신사** 하지만 뵙기를
간청하고 있습니다. 완전히 미쳐서 측은할 뿐입니다.
**왕비** 그 애가 바라는 게 뭐요?
**신사** 부친에 대한 말을 많이 합니다. 세상에 음모가 있다고
들었다고 하고, 헛기침을 하고, 가슴을 치고,
사소한 일에도 화를 버럭 내고, 도무지 종잡을 수 없는
이야기들을 합니다. 말하는 내용이야 별거 아닙니다만
그 종잡을 수 없는 말이 듣는 사람들의
마음을 움직여 그 말들을 주워 모아서
저마다 자신의 생각에 맞게 짜깁기를 합니다.

그녀의 눈짓, 고갯짓, 몸짓을 보고
사람들이 확실하진 않으나 뭔가 엄청 불행한 사연이
있다고 생각하게 만듭니다.

**호레이쇼** 대화를 나눠 보심이 좋을 듯합니다. 나쁜 생각을
하는 사람들에게 위험한 억측을 뿌릴 수도 있습니다.

**왕비** 그럼 들라 하시오. (신사 퇴장)
(방백) 죄악의 본성이 그렇듯이 병든 내 마음에는
하찮은 일들 하나하나가 큰 재앙의 징조처럼 느껴지는구나.
죄지은 마음은 못난 의심에 가득 차서
드러날까 두려워하다 스스로 드러내고 마는구나.

오필리어 등장

**오필리어** 덴마크의 아름다운 왕비마마는 어디 계셔요?

**왕비** 아, 오필리어, 이게 웬일이냐?

**오필리어** (노래한다)

*사랑하는 내 님 다른 이와*
*어찌 구분하리오?*
*모자 쓰고 지팡이 들고*
*가죽신 신은 이 내 님이라오.*

**왕비** 가엾은 오필리어, 그 노래는 대체 무슨 뜻이냐?

**오필리어** 뜻이요? 아니 좀 더 들어보세요.

(노래한다)

*부인, 님은 떠났어요. 하늘나라로*
*님은 가셨어요, 하늘나라로.*
*머리맡엔 푸른 떼,*
*발치에는 묘비 하나.*

아, 아!

**왕비** 아니, 오필리어야.

**오필리어** 더 들어보세요.

(노래한다)

*수의는 산에 쌓인 눈처럼 희고—*

왕 등장

**왕비** 세상에, 이 모습 좀 보세요, 폐하.

**오필리어** (노래한다)

*향긋한 꽃들로 장식되었네*
*참사랑의 눈물 비 되어 내려*
*무덤으로 가지 못했네.*

**왕** 잘 지내느냐, 아름다운 오필리어야?

**오필리어** 네, 신의 은총이 있으시길. 올빼미는 원래 빵집 딸이었대요.[1] 오늘 일은 알아도 내일 일은 모르는 게 인간이죠. 식탁에 신의 은

1) 예수가 빵집 딸에게 빵을 구걸했으나 거절당하자 그 벌로 그녀를 올빼미로 만들었다는 민간 전설이 전해 내려온다.

총이 함께 하시길!

**왕** 죽은 아버지 생각을 하는구나.

**오필리어** 제발 그 얘긴 하지 마세요. 하지만 사람들이 무슨 뜻이냐고 묻거든 이렇게 말하세요.

(노래한다)

*내일은 성 발렌타인 축일,*
*동녘 하늘 밝아오면 자리에서 일어나*
*나 사랑하는 님 창 밑에 서서*
*그대의 발렌타인 되려네.*
*내 님 일어나 새 옷 갈아입고*
*방문 열어 주네*
*들어갈 땐 처녀였으나 나올 땐*
*처녀 아니네.*

**왕** 얘, 오필리어야!

**오필리어** 아이 참, 맹세 따윈 빼고 노래를 마칠게요.

(노래한다)

*예수님, 자비 성자님께 맹세코*
*슬프고도 억울하네.*
*아무리 사내들 습성이라 하나*
*하나님 맹세코 그건 비난받아 마땅한 일.*
*여자가 말하네. '날 잠자리에 쓰러뜨리기 전에는*

*백년해로를 약속했잖아요.'*

남자가 대답하네.

*'저 태양에 걸고 정말 그러려고 했지.*

*네가 내 침대에 오지 않았다면.'*[2]

**왕** 저 애가 언제부터 저 지경이 되었느냐?

**오필리어** 모두 잘 되길 빌어요. 모두 참아야 해요. 하지만 아버님을 차가운 땅속에 묻은 생각을 하면 울음을 참을 수가 없어요. 오라버니도 아시게 될 거예요. 다들 좋은 말씀 감사드려요. 자 마차야, 가자! 안녕히 주무세요. 여러분, 안녕. 아름다운 부인들도 안녕히 주무세요, 안녕. (퇴장)

**왕** 바짝 뒤따라가서 잘 지켜봐주게.

(호레이쇼 퇴장)

오, 저건 깊은 슬픔이 만들어낸 병이오. 이게 모두
제 아비 죽음 때문이지 뭐겠소. 저걸 좀 보시오—
오, 거트루드, 거트루드.
슬픔은 하나씩 오지 않고
무리지어 오는구려. 먼저 저 애 아버지가 살해당하고,
다음엔 당신 아들이 떠나고, 하긴 그 애 스스로

---

2) 오필리어는 맹세(swearing) 따윈 빼고 노래를 마치겠다고 했지만 실제 노래에서는 "예수님, 자비 성자님께 맹세코"(By Gis and by Saint Charity), "하나님 맹세코"(By Cock), "저 태양에 걸고"(by yonder sun)와 같이 맹세를 많이 사용하고 있다.

자초한 것이지만. 그리고 이 나라 백성들은
무고한 폴로니어스 죽음을 둘러싸고 혼란스러워 하며
억측과 소문이 분분하오. 과인이 경솔했던 것 같소.
시신을 그렇게 서둘러 묻어버렸으니. 불쌍한 오필리어는
실성해서 이성을 잃어버리고, 이성이 없으면
사람이 허깨비나 짐승과 뭐가 다르겠소.
마지막으로 이 모든 것 못지않게 막중한 것은
저 애 오라비가 프랑스에서 비밀리에 돌아와
모습을 나타내지 않고 의구심을 키우고 있다는 거요.
아버지의 죽음에 대해 온갖 못된 소문을
그의 귀에 쏟아 부을 사람들이 오죽이나 많겠소?
진상이 빈약하므로 과인을 비난하는 말도
이 귀에서 저 귀로 금방 전해질 거요.
사랑하는 거투르드, 이 몸을
살상용 산탄총처럼 사방에서
벌집을 만드는구려. (안에서 시끄러운 소리)

왕 여봐라!
스위스 근위대는 어디 있느냐? 와서 문 앞을 경호케 하라.

사자 등장

무슨 일이냐?

**사자** 폐하, 어서 피하시옵소서!
해일이 둑을 넘어 단숨에
육지를 삼켜버리는 것보다 더 맹렬히
젊은 레어티즈가 폭도들을 거느리고
폐하의 호위병들을 밀치고 들어오고 있습니다.
폭도들은 그를 왕이라 부르고
마치 막 천지개벽이라도 한 것처럼
모든 말의 기본이자 기초인 전통이나 관습은 모두 팽개치고—
"선택은 우리가! 레어티즈를 왕으로 모시리라!"고 외치고 있습니다.
모자를 던지고 손뼉치며 외치는 소리가 하늘을 찌릅니다.
"레어티즈를 왕으로 모시자, 레어티즈를 왕으로!"라고.

(안에서 소란스러운 소리)

**왕비** 냄새도 제대로 못 맡고 신이 나서 짖어대는구나.
아, 불충한 덴마크의 개들아! 잘못 짚었다.

**왕** 문이 부서졌다.

레어티즈와 추종자들 등장

**레어티즈** 왕은 어디 있느냐?— 여러분은 모두 밖에서 기다리시오.

**군중** 안 됩니다. 같이 들어갑시다.

**레어티즈** 나 혼자 들어가게 해주시오.

**군중** 좋소, 그럽시다.

**레어티즈** 고맙소, 여러분은 문을 지켜 주시오.

(추종자들 퇴장)

이 사악한 왕,
내 아버님을 내놓아라.

**왕비** (그를 막으며) 진정하거라, 레어티즈.

**레어티즈** 진정할 피가 한 방울이라도 있다면 난 사생아요,
아버님은 바람둥이의 남편이고, 어머니의
순결한 이마엔 창녀의 낙인이
찍힐 것이오.

**왕** 도대체 왜 이러느냐, 레어티즈?
어째서 이렇게 반역하는 거인족[3] 같이 구느냐?—
왕비, 그를 놓아주시오. 과인의 신상은 걱정 마시오.
한 나라의 왕에게는 하나님이 울타리를 만들어 주는 법,
반역자는 그 울타리를 넘볼 수는 있어도
손끝 하나 대지 못하오.[4] 말해 봐라 레어티즈,
왜 이렇게 날뛰는 건지.— 왕비, 그를 놓아주시오.—
말해 봐라.

---

3) 그리스 신화에서 거인 족이 올림퍼스의 신들에게 반란을 일으킨다. 아틀라스도 그들 중 한 명으로 그 벌로 하늘을 떠받치고 있는 형벌을 받게 된다.

4) 왕권신수설에서 흔히 주장하는 담론이다. 하지만 정통 왕을 죽이고 왕위를 찬탈한 클로디어스가 이런 주장을 하는 것은 역설적이다.

**레어티즈** 내 아버님은 어디 있소?

**왕** 돌아가셨다.

**왕비** 허나 폐하가 죽인 건 아니오.

**왕** 뭣이든 실컷 물어 보게 놔두시오.

**레어티즈** 어찌 돌아가셨소? 날 속일 생각은 마시오.
충성 따윈 지옥에나 가고, 맹세 따윈 시커먼 악마에게나 주라지.
양심이고, 은총이고 지옥 구덩이에나 떨어져라!
천벌도 두렵지 않다. 여기서 꼼짝 않겠다.
이승, 저승 다 필요 없다.
무슨 일이 생기더라도 아버지 복수만
철저히 하고야 말겠다.

**왕** 누가 그걸 말리겠나?

**레어티즈** 내 뜻 말고는 온 세상도 못 말리지.
내 수단은 미약하나 방법을 잘 마련하여 기어이
해내고 말 테다.

**왕** 레어티즈,
그대 소중한 아버지에 대해 확실한 걸
알고 싶다면서 우군 적군, 승자 패자
가리지 않고 칼을 들이대는 게
자네 복수의 원칙인가?

**레어티즈** 내 복수 상대는 아버지 적뿐이오.

왕 그가 누군지 알고 싶은가?

레어티즈 아버지 편이라면 두 팔을 벌려 환영하겠소.
그리고 제 피를 먹여 생명을 주는 친절한 펠리컨처럼
내 피를 그들에게 대접하겠소.

왕 암, 이제야
훌륭한 자식이요, 진정한 신사답게 말을 하는군.
나는 네 선친의 죽음에 아무 책임도 없다.
오히려 누구보다도 네 선친의 죽음을 슬퍼하고 있다.
햇빛이 네 눈에 비치듯 그 사실은 명백히
네 분별력에 드러날 것이다.
(안에서 소란한 소리) [오필리어가 노래 부르는 소리가 들린다.]
그녀를 들여보내라.

레어티즈 아니, 지금 이게 웬 소란이요?

오필리어 등장

아 열기여, 내 뇌를 바짝 말려다오. 짜디짠 눈물이여,
내 눈의 감각과 시력을 태워 없애다오!
맹세코 널 이렇게 실성케 한 원한은 저울대가
뒤집어질 무게로 갚아주마. 아 오월의 장미여!
고귀한 처녀—다정한 내 동생—아름다운 오필리어—
오 하늘이여, 젊은 처녀의 정신이 노인의 목숨처럼

저렇게 끝장날 수 있단 말입니까?
사람의 마음은 사랑할 때 가장 지고지순해지고
사랑이 지극하면 자신의 고귀한 것을
사랑하는 사람에게 딸려 보내지.

**오필리어** (노래한다)

*얼굴도 덮지 않고 관에 넣어 메고 갔네*
*무덤에는 눈물이 비 되어 쏟아졌네.*

잘 가세요, 내 님이여.

**레어티즈** 네가 멀쩡한 정신으로 복수를 조른대도
이처럼 내 마음을 움직이지는 못했을 거다.

**오필리어** 노래 부르세요, 당신은 '아라리 아라리', 당신은
'아라리요'. 아, 후렴이 잘 맞네요! 주인 집 딸을 훔친 건 못된 집사예요.

**레어티즈** 저 의미 없는 말이 의미 있는 말보다 더 사무친다.

**오필리어** 이것은 로즈메리, 영원히 잊지 말라는 뜻이에요. 내 사랑! 부디 잊지 마세요. 그리고 이것은 팬지, 날 생각해달라는 꽃이고요.

**레어티즈** 실성한 말 속에도 내용이 있구나. 생각하고 잊지말라...
꼭 맞는 말이다.

**오필리어** 당신에겐 이 회향꽃과 매발톱꽃을. 당신에겐 이 운향꽃을 드리죠. 제 것도 있어요. 이 꽃은 안식일의 은혜의 꽃이라고도 하죠. 당신은 운향꽃을 달리 다셔야 해요. 이건 데이지, 당신에게는 제

비꽃을 드릴게요.[5] 그런데 아버님이 돌아가시고 죄다 시들어 버렸어요. 아버님은 편히 잠드셨대요.

(노래한다)

*어여쁜 울새는 내 사랑*

**레어티즈** 수심과 고통, 격정, 심지어 지옥까지도
저 아이는 곱고 아름다운 것으로 바꾸어놓는구나.

**오필리어** (노래한다)

*다시는 아니 돌아오실까?*
*다시는 아니 돌아오실까?*
*아니 아니 그분은 돌아가셨으니*
*영영 가버렸으니*
*다시는 아니 오시리.*

*그분의 수염은 눈처럼 희고*
*그분의 머리는 호호백발이셨네.*
*이제는 가셨네, 떠나시었네*
*탄식한들 무엇하리.*
*그분의 영혼에 신의 은총이.*

그리고 모든 기독교인의 영혼에도. 안녕히 계세요.

---

5) 회향꽃은 아첨을, 매발톱꽃은 배신을, 운향꽃은 슬픔과 참회를, 데이지는 사랑을, 제비꽃은 정절을 상징한다.

(퇴장)

**레어티즈** 저 꼴을 보셨습니까? 오, 하느님!

**왕** 레어티즈, 네 슬픔을 나와 함께 나누어야 한다.
안 그러면 날 거역하는 거다. 잠시 헤어져
그대의 가장 똑똑한 친구 몇 명을 골라 와서
자네와 내 말을 듣고 판단케 하자.
만약 내가 이번 일에
연루됐다고 밝혀지면 이 왕국이고
왕관이고, 목숨이고, 소위 내 것이라 할 수 있는 모든 걸
네게 넘겨주마. 허나 그렇지 않은 경우에는
마음을 진정시키고 내 말을 따라라.
그러면 과인이 자네와 합심하여 자네의 원한을
시원히 풀어줄 것이다.

**레어티즈** 그리 해 주십시오.
아버님이 돌아가신 연유며, 은밀하게 치른 장례식,
그분 유골 위에 위패도, 칼도, 가문의 문장도 없고
신성한 의식이나 마땅한 격식도 치르지 않았다고
외치는 소리가 천지에서 들려옵니다.
기어코 진상을 규명해야겠습니다.

**왕** 그리 해라.
그리고 죄가 있는 곳에 마땅히 응징의 도끼를 내리쳐야지.

자, 나와 함께 가자. (퇴장)

# 4막 6장

호레이쇼와 하인 등장

**호레이쇼** 내게 할 말이 있다는 사람들이 누구냐?

**시종** 선원들입니다. 편지를 가져왔다고 합니다.

**호레이쇼** 들라 해라. (시종 퇴장)
햄릿 왕자님 아니고서는 이 세상 어디에도
내게 편지 보낼 사람이 없는데.

선원들 등장

**선원1** 주님의 은총이 있으시기를!

**호레이쇼** 자네들에게도 그분의 은총이 있길 바라오!

**선원1** 그분의 뜻이라면 은총을 내리시겠죠. 편지를 한 장 가져왔는뎁쇼. 영국으로 가시던 사절이 보내신 겁니다. 나리가 바로 호레이쇼 님이라면. 그렇다 들었습니다만.

**호레이쇼** (편지를 읽는다) *호레이쇼, 이 편지를 받아 보거든 이 친구들이 왕을 만날 수 있도록 알선해 주게. 왕에게 보내는 편지를 갖고 있으니 말일세. 우린 출항한 지 이틀도 안 되어 무장한 해적선의 추격을 받았다네. 우리 배가 너무 느려 할 수 없이 용기를 내어 싸워야 했고 격투 중에 난 적선에 타게 됐네. 그러자마자 그 배는 우리 편 배에서 떨어져 나갔고 나만 그들의 포로가 되었네. 해적들은 지금까지 자비로운 도적들처럼 나를 대우해주고 있네. 허나 다 생각이 있어 그리 한 거니 나도 그들에게 보답을 해주어야 하네. 내가 보낸 편지를 국왕이 받을 수 있게 조처하고 죽음에서 도망치는 사람만큼이나 속히 이곳으로 달려와 주게. 자네가 들으면 너무 놀라 말문이 막힐 얘기를 해주겠네. 말로 전하기에는 너무 중대한 일일세. 이 선량한 사람들이 자네를 나 있는 곳으로 안내해줄 걸세. 로젠크랜츠와 길덴스턴은 계속 영국으로 항해 중이고, 그들에 대해서도 할 얘기가 많다네. 그럼 이만.*

*자네 마음의 벗*
*햄릿으로부터*

가세. 자네들이 가져온 편지를 전할 방법을 주선해 주겠네.
그러고 나서 되도록 빨리 나를
이 편지를 보낸 사람에게 데려가주게. (퇴장)

# 4막 7장

왕과 레어티즈 등장

**왕** 이제 내가 결백하다는 것을 인정하고
나를 우군으로 생각해야 하느니라.
총명하니 잘 알아들었겠지만
너의 훌륭하신 선친을 살해한 자가
내 목숨도 노렸느니라.

**레어티즈** 예, 그런 것 같습니다. 그런데 어찌하여
그렇게 사악하고 중대한 만행에 대해
조처하지 않으셨습니까?
폐하의 안위를 위해서나, 지혜로 보나, 여타 모든
사항으로 볼 때 진노하셨을 텐데.

**왕** 오, 거기엔 두 가지

특별한 이유가 있다. 네겐 그것이 하찮게 여겨질지 모르나
과인에겐 매우 중대한 이유이다. 햄릿의 어미인 왕비는
햄릿을 보는 낙으로 산다. 그리고 과인은—
이게 과인의 미덕인지 화근인지 모르겠지만
왕비는 내 생명, 내 영혼과 도저히 뗄 수 없는 사이여서
별이 자기 궤도에서 벗어날 수 없듯이
과인도 왕비 없이는 살 수가 없구나. 그 애를 공공연히
처벌하지 못하는 또 다른 이유는 백성들이
그를 대단히 사랑하기 때문이다.
마치 나무를 돌로 변하게 만드는 샘물처럼
그의 모든 오점을 그들의 애정에 담구면 그가 찬
족쇄도 멋진 장신구로 보일 정도다. 그래 내가 쏜 화살은
백성들의 강풍에 견디기에는 너무 가벼운 나뭇가지라
본래 겨냥했던 곳으로 날아가지 못하고
내 활로 되돌아오고만다.

**레이어티즈** 그래서 저는 훌륭한 아버님을 잃고,
누이동생은 비참하게 실성하고 말았습니다.
돌이켜 칭찬해 보자면 그 애의 가치는
어느 시대에나 귀감이 될 만큼 나무랄 데 없었습니다.
반드시 복수하고 말 겁니다.

**왕** 그렇다고 밤잠을 설치진 마라. 과인 역시

위험하게 수염을 쥐고 흔들게 내버려두고
장난이겠거니 생각할 만큼 밋밋하고 우둔한
위인이라 여기지 마라. 자세한 이야긴 차차 하자.
과인은 그대 선친을 무척 아꼈고 과인 자신도 아낀다.
이쯤 말하면 대충 짐작하리라 생각한다만—

전령이 편지를 가지고 등장

**전령** 이것은 폐하께, 이것은 왕비마마께 보낸 편지입니다.

**왕** 햄릿으로부터! 누가 갖고 왔느냐?

**전령** 선원들이 갖고 왔다 하옵니다, 폐하. 소신은 보지 못하였고
클로디오가 전해 주었사옵니다. 클로디오는 선원들로부터
받았다고 하옵니다.

**왕** 레어티즈, 읽을 테니 들어보아라.
너는 물러가라. (전령 퇴장)
(읽는다)
*지엄하신 국왕 폐하, 소자는 지금 맨몸으로 이 나라에 상륙했음을 아뢰옵니다. 내일 폐하를 뵙고자 하오니 윤허해 주십시오. 그때 우선 폐하의 용서를 빌고, 불시 귀국한 기이한 사유를 상세히 아뢰고자 하옵니다.*

*햄릿 올림*

도대체 어찌 된 노릇인가? 다른 일행도 함께 돌아왔나?

아니면 이건 무슨 속임수인가, 아닌가?

**레어티즈** 필적은 아십니까?

**왕** 분명 햄릿의 필적이다.
'맨몸'이라.
또 여기 추신에는 '홀로'라고 했겠다.
어떻게 된 영문인지 짐작이 가느냐?

**레어티즈** 소인도 통 모르겠습니다. 하지만 올 테면 오라죠!
직접 그에게 이렇게 "너도 죽어"하고
말할 생각을 하니 응어리진 가슴이 후련해지는
것 같습니다.

**왕** 만약 이게 사실이라면, 레어티즈—
헌데 어찌 그럴 수 있지? 하지만 아니라면 어떻게?—
과인의 지시를 따르겠느냐?

**레어티즈** 네, 폐하.
서로 기분 풀라는 말씀은 하지 마십시오.

**왕** 자네의 기분을 풀어주려는 것이다. 햄릿이 항해를
중지하고 돌아와 다시 출발할
생각이 없다면 내가 진작부터 준비해 둔
계략에 놈을 끌어들이면
놈은 반드시 죽음을 면치 못할 것이다.
게다가 놈의 죽음에 대해 비난 소리도 없을 것이고

심지어 제 어미조차도 계략을 알아차리지 못하고,
사고로 생각할 것이다.

**레어티즈** 폐하의 분부대로 하겠습니다.
아니 저를 계략의 도구로 이용해주시길
바랍니다.

**왕** 바로 그거다.
실은 네가 유학을 떠난 이후에도 너에게 특히 출중한
재주가 있다는 칭찬이 자자했다.
그런 칭찬을 햄릿도 곁에서 들었느니라. 그런데
햄릿은 네 수많은 재주를 다 합한 것보다 특히 한 가지
재주를 시샘하는 것 같았다. 과인이 보기엔 네 재주 중
가장 하찮은 것이다만.

**레어티즈** 어떤 재주 말씀입니까, 폐하?

**왕** 젊은이 모자의 리본 장식 같은 거지—
하긴 그것도 필요하긴 해. 노인들에게
관록과 위엄을 나타내는 검은 수달피 옷이
어울리듯이 젊은이들에게는 경쾌하고
자유분방한 옷이 어울리니. 두 달 전에
노르망디에서 한 신사가 이곳에 왔었다.—
나도 수많은 프랑스 사람들을 만났고 겨뤄보기도 해서,
그들이 승마에 뛰어나다는 것은 잘 알고 있었다. 그런데

그 사람은 정말 신기에 가깝더구나. 안장에 착 붙어
어찌나 신기한 재주를 부리는지 말안장에
뿌리를 내린 것 같기도 하고, 그 짐승의
성질을 절반쯤 타고난 것 같더구나. 상상도 못할 정도로
재주가 뛰어나 그 형태와 기술을 꾸며 말해도
실제 그가 했던 것에 못 미칠 정도다.

**레어티즈** 노르망디 사람이라 하셨습니까?

**왕** 그렇다.

**레어티즈** 그렇다면 분명 라모르일 것입니다.

**왕** 바로 그 자다.

**레어티즈** 그 사람이라면 잘 압니다. 그 사람은 그야말로
프랑스의 보배요, 보석입니다.

**왕** 그런데 그 사람이 너에 대해 말하는데
호신술의 이론과 실기에 있어서
네 솜씨를 무척 칭찬하더구나.
특히 너의 검술을 칭찬하면서
만약 너의 맞수가 있다면 정말 멋있는
시합이 될 거라고 하더구나. 프랑스 검객들도
너와 대적하면 몸놀림이나 방어 자세, 눈의 기운 등
무엇 하나 너의 상대가 되지 못한다고 장담하더구나.

그런데 햄릿이 그 사람 말을 듣더니
시기심에 독이 올라
네가 빨리 돌아와서 한번 겨뤄보길 고대했단다.
그래서 하는 말인데—

**레어티즈** 그래서 어떻게 해야 합니까, 폐하?

**왕** 레어티즈, 너는 진정 선친을 사랑했느냐?
아니면 네 슬픔이 그저 겉으로만 꾸민,
진심 아닌 겉모양뿐이냐?

**레어티즈** 왜 그런 질문을 하십니까?

**왕** 나도 네가 선친을 사랑하지 않았다고 생각지는 않는다.
하지만 사랑은 시간의 산물이라
사랑의 불꽃도 시간이 지나면 약해짐을
익히 보아 알고 있다.
사랑의 불길에도 그것을 약화시키는
심지가 있기 마련.
한결 같이 좋은 상태를 유지하는 것은 아무 것도 없으며
좋은 것도 과하면 그 지나침 때문에
사그라지는 법. 그러니 하고자 마음먹은 일은
하고자 할때 당장 실행해야 한다. 왜냐하면 '하겠다'는 마음도
변하기 마련이고 방해하는 말도, 손도, 여러 사건들도 있어
실행력이 약해지고 자꾸 미루게 되고,

'해야 한다'는 생각도 심장의 피를 말리는 탄식과 같아
내쉬면 사그라든다. 요점을 말하자면
이제 햄릿이 돌아온다. 네 아비의 자식으로서
말만 내세울 게 아니라 행동으로 보여 주기 위해
어찌 할 테냐?

**레어티즈** 교회 안이라 해도 그의 목을 벨 것입니다.

**왕** 어떤 곳도 살인죄를 보호할 성역이어서는 안 되지.
복수하는데 장소를 가려서도 안 되고. 하지만 레어티즈,
복수를 하고 싶거든 일단 집안에서 꾹 참고 있거라.
햄릿이 돌아오면 네 귀국을 알리마.
과인이 사람들을 부추겨서 네 솜씨를 칭찬케 하겠다.
프랑스인의 찬사에 한술 더 떠서
너를 칭찬하여 두 사람이 맞붙게 하고
두 사람에게 내기를 걸겠다. 햄릿은 매사
무심하고, 대범하고, 술수라는 걸 모르니까
칼을 세밀히 살펴보지 않을 것이다. 그러니 손쉽게—
혹은 조금만 술수를 쓰면—네가 날카로운 칼을
사용할 수 있을 것이다. 그럼 시합 중 한 번 푹 찌르면
선친의 원수를 갚는 것이다.

**레어티즈** 그렇게 하겠습니다.
그리고 확실히 하기 위해 칼에 독을 바르겠습니다.

어떤 약장수한테서 독약을 사둔 게 있는데
아주 치명적이어서 그것에 칼을 살짝 담갔다
그 칼로 사람을 찔러 피를 내면
제아무리 달밤에 채취한 영험한 온갖 약초를 모아
만든 처방으로도 목숨을 구할 수 없습니다.
제 칼끝에 그 독약을 바르겠습니다.
그 칼로 그를 살짝 스치기만 해도
그는 이 세상을 하직할 것입니다.

왕 그건 좀 더 생각해 보자.
우리의 계획에 맞는 시기와 방법을
잘 생각해보자. 만약에 실패하여
어설픈 행동으로 우리의 계획이 탄로 날 바에야
시도하지 않는 편이 낫다. 그러니 우리 계획이
실패할 경우를 대비해서 예비로 2차 수단을
마련해야겠다. 가만, 어디 보자.
과인이 쌍방의 솜씨에 정식으로 내기를 걸고—
그렇지!
서로 치열하게 싸우다 보면 덥고 갈증이 날 테지.—
그렇게 되도록 아주 격렬하게 시합해야 한다.—
그러면 햄릿이 마실 걸 청하겠지. 그를 위해
마실 것을 준비해 두는 거야. 그걸 한 모금만 마시면

비록 햄릿이 네 독검을 요행히 피한다 해도
우리 목적은 이루어질 것이다. 그런데 가만, 무슨 소리지?

왕비 등장

**왕비** 재앙이 꼬리에 꼬리를 물고 닥치는군요.
레어티즈, 네 동생이 물에 빠져 죽었다.

**레어티즈** 물에 빠져 죽었다고요? 아, 어디서요?

**왕비** 버드나무가 물가로 기울어져 자라고
하얀 잎새가 거울 같은 물위에 비치는 시냇가가 있단다.
그 애가 미나리아재비, 쐐기풀, 데이지, 그리고
음탕한 목동들은 상스런 이름으로 부르지만
청순한 처녀들은 죽은 사람의 손가락이라고 부르는
자주색 난초를 엮어서 만든 멋진 화환을
늘어진 버들가지에 올라가 걸려고 했을 때
심술궂은 잔 가지가 부러져서
오필리어가 들꽃 화관과 함께
흐느끼는 시냇물 속에 빠지고 말았단다.
그러자 옷자락이 물위에 활짝 펴져
한동안 인어처럼 수면에 떠있었는데
그동안 오필리어는 제 불행을 모르는 사람처럼
아니 물에서 나서 물에서 살기 적합한 사람처럼

옛 찬송가 몇 소절을 부르더란다. 하지만 얼마 안 있어
물이 스며들어 무거워진 그 애의 옷이
아름다운 노래를 부르고 있던 그 가엾은 것을
진흙바닥으로 끌고 들어가 죽고 말았다.

**레어티즈** 아, 그렇게 빠져 죽었군요.

**왕비** 그래, 그렇게 익사하고 말았단다, 물에 빠져서.

**레어티즈** 가엾은 오필리어, 이젠 물이 지겹겠구나.
그러니 나도 눈물을 쏟지 않으마. 허나
인간의 속성이니 어쩌랴. 자연은 습성을 고집하니
수치심이 뭐라 하든 상관없다. [운다] 실컷 울고 나면
연약한 내 마음도 끝나겠지. 폐하, 안녕히 계십시오.
불같이 활활 타오르는 말이 가슴에 있지만
눈물 때문에 아무 말도 못하겠습니다. (퇴장)

**왕** 왕비, 따라가 봅시다.
저 애의 분노를 가라앉히려고 얼마나 애썼는데.
이 일 때문에 또 다시 분노가 터져 나올까 두렵소.
그러니, 따라가 봅시다. (퇴장)

# 5막 1장

두 명의 광대(무덤 파기꾼과 그의 동료) 등장

**무덤파기꾼** 제멋대로 자신을 구원한 여자[1]를 이렇게 기독교식 매장을 해도 되나?

**동료** 괜찮다니까 그래. 그러니 어서 무덤이나 파라고. 검시관이 조사하고 기독교식으로 매장해도 좋다고 그랬어.

**무덤파기꾼** 어떻게 그럴 수 있담? 자기 몸을 지키기 위해 물에 뛰어들었다면 몰라도.

**동료** 아무튼 그렇대.

---

1) 자살해서 스스로 파멸(damnation)을 좌초했다고 말하려 했으나 이를 잘못 말해서 구원(salvation)이라고 한 것이다. 셰익스피어는 무식한 인물들이 이렇게 단어를 잘못 사용하여 웃음을 유발시키는 '말의 익살스런 오용(malapropism)'을 자주 사용한다. 뒤에 나오는 '정당 폭행'(*se offendendo*)도 같은 예로, '정당 방위'(*se defendendo*)를 잘못 말한 것이다.

**무덤파기꾼** 그렇담 '정당 폭행'이라 해야겠구먼. 암, 틀림없어. 요는 이래. 가령 일부러 풍덩했다면 이건 법적으로 '행위'라고 하지. 그런데 행위는 세 가지로 나뉘거든. 첫째 행하는 것, 둘째 동하는 것, 셋째 실행하는 것. 고로 그 여자는 알면서도 풍덩한 거야.

**동료** 아, 글쎄 내 말 좀 들어보라고, 이 따지기 양반아.—

**무덤파기꾼** 가만 있어봐. 여기 물이 있어, 알았지? 여기 사람이 있고, 알겠어? 그 사람이 물가로 가서 풍덩했다면 그건 싫든 좋든 자발적인 행동이란 말이야. 안 그런가? 그러나 만약 물이 다가와 풍덩시켰다면 그건 제 스스로 빠져죽은 게 아니지. 고로 자기 죽음에 죄가 없는 자는 제 스스로 목숨을 끊은 게 아니다, 이 말일세.

**동료** 그게 법인가?

**무덤파기꾼** 암, 이게 바로 검시관의 검시법이라는 거야.

**동료** 내가 진실을 알려 줄까? 이 여자가 양반댁 처자가 아니었으면 기독교식 매장은 꿈도 꾸지 못했을 걸세.

**무덤파기꾼** 오호라, 이제 보니 제법 옳은 말도 할 줄 아네. 높은 양반들이 평교도들보다 물에 빠져 죽거나 목을 매도록 장려 받으니 참 딱한 일이지. 내 삽 주게. 유서 깊은 양반네 중에 정원사, 도랑치기, 무덤파기 아닌 자들이 없지.— 그들은 다 아담이 하던 일을 물려받았거든. (땅을 판다.)

**동료** 아담이 양반이었나?

**무덤파기꾼** 그 양반이 인류 최초로 문장[2]을 가졌던 분이잖아.

**동료** 에이, 그때 그런게 어디 있었나?

**무덤파기꾼** 자네 이교도 아냐? 도대체 성경을 어떻게 이해한 거야? 성경 말씀에 아담이 땅을 팠다잖아. 연장도 없이 어떻게 땅을 팠겠어? 내 하나만 더 물어보지. 똑바로 대답 못하겠거든 회개하고—.

**동료** 물어봐.

**무덤파기꾼** 석공, 조선공, 목수보다 더 튼튼한 물건을 만드는 게 누구게?

**동료** 교수대 만드는 사람. 교수대는 천 명이 써도 끄떡없잖아.

**무덤파기꾼** 정말 자네 기지는 내 높이 사지. 교수대는 정말 좋은 물건이지. 뭐가 그리 좋냐? 악질들 처치하는 데 좋지. 근데 자네 말은 교수대가 교회보다 더 튼튼하다는 거잖아. 그러니까 아무래도 자넨 교수대 맛을 톡톡히 봐야겠어. 자 다시 한 번 대답해 봐.

**동료** 누가 석공이나 조선공, 목수보다 더 튼튼한 물건을 만드냐고?

**무덤파기꾼** 그래. 어서 대답하고 짐을 벗어던져.

**동료** 아, 알겠다.

**무덤파기꾼** 말해봐.

**동료** 제길, 모르겠는데.

**무덤파기꾼** 너무 머리 굴리지 말고 그만둬. 느려터진 당나귀에게 아무리 채찍질을 해도 속도가 날 리 없지. 누가 또 묻거든 다음에는 '무덤

---

2) 여기서 무덤파기꾼은 arms란 단어가 가진 여러 가지 의미를 이용하여 말장난을 하고 있다. arms는 "귀족 가문의 문장(文狀)"이란 뜻과 "연장"이란 뜻이 있다.

파는 사람'이라고 대답하라고. 그가 만든 집은 최후 심판일까지 견딜 테니 말일세. 자, 요한네[3] 가서 술이나 한 잔 받아오게.

(동료 퇴장하고 무덤파기꾼은 계속 땅을 파며 노래한다.)

*사랑하고 또 사랑하던 젊은 시절엔*
*이 세상 아주 달콤했지.*
*시간을-에—흘러—에—보내기엔*
*사랑만한 것이—에—없다고—에—생각했지.*

(광대 노래하는 동안) 햄릿과 호레이쇼 등장

**햄릿** 저 작자는 무덤을 파면서 노래를 부르다니 자기가 지금 하는 일에 아무 감정이 없단 말인가?

**호레이쇼** 늘 하는 일이라 아무렇지도 않은 모양입니다.

**햄릿** 하긴 그래. 자주 쓰지 않는 손이 예민한 법이지.

**무덤파기꾼** (노래한다)

*그러나 노년이 슬그머니 다가와서*
*그 손아귀에 나를 움켜쥐고*
*나를 땅 속에 처넣었지*
*언제 청춘이 있었냐는 듯이.*

(해골 하나를 밖으로 집어던진다)

**햄릿** 저 해골에도 한때 혀가 있어 노래를 불렀겠지. 그런데 저 녀석은

---

3) 당시 글로브 극장 근처에 있었던 술집 이름으로 추정된다.

인류 최초의 살인을 한 카인의 턱뼈라도 되듯이 땅바닥에 내동댕이치네. 어쩌면 권모술수에 능한 정상배의 해골인지도 몰라. 지금은 이 멍청이에게 푸대접을 받지만, 한때 하나님도 능가하는 모사꾼이었을지도 모르지, 안 그런가?

**호레이쇼** 그럴 수도 있겠습니다, 왕자님.

**햄릿** 아니면 어떤 궁정 대신의 해골인지도 모르지. "나리 밤새 안녕하셨습니까요! 요새 평안하신지요, 나리." 하며 알랑거렸을 테지. 그렇잖으면 아무개 대신의 말이 탐이 나서 "그 말 참 잘 생겼수다" 이렇게 칭찬하던 아무개 대신인지도 몰라, 그렇지 않은가?

**호레이쇼** 그럴지도 모릅니다, 왕자님.

**햄릿** 틀림없이 그럴 거야. 지금은 구더기 마님의 밥이 되고, 턱뼈는 없어진 채 무덤파기꾼의 삽으로 머리통을 얻어맞고 있지만 말이야. 여기서 만사 돌고 도는 세상 이치를 볼 수 있네. 이 뼈다귀들도 기를 땐 돈깨나 들었을 텐데 이제 겨우 던지기 놀이용 장난감 아닌가? 이런 생각을 하니 내 해골이 지끈거리네.

**광대** (노래한다)

*곡괭이와 삽 한 자루, 삽 한 자루*
*그리고 송장에게 입힐 수의 한 벌*
*오호라, 흙 속에 구멍까지 파놓으니*
*손님 모시기엔 안성맞춤일세.*

(다른 해골을 집어 던진다)

**햄릿** 또 나오는군. 이번엔 변호사의 해골일 지도 모르네. 그 기름 바른 듯한 궤변, 사건들, 소송들, 소유권들, 술수는 다 어디 갔는가? 저 무식한 녀석한테 더러운 삽으로 머리통을 얻어맞고도 왜 폭행죄로 고소하겠다고 한마디 못하나? 흠! 이 작자는 생전에 담보 증서, 금전 차용 증서, 명의변경 소송, 이중 증인(二重證人), 토지양도 소송 등 별별 수단을 다 동원하여 땅깨나 사들였을 지도 몰라. 그런데 그런 소송과 증서들의 결과가 그 잘난 머리 속에 가는 흙이 가득 들어 있는 거란 말인가? 이제 이 자의 증인, 이중 증인들은 기껏 할부계약서 두 장 들어갈 땅뙈기 매입 증인 밖에 못한단 말인가? 그의 토지 양도증서들도 이 해골바가지 안에 다 넣지 못하는데 토지매수자가 이것 밖에 못 갖는단 말인가? 하!

**호레이쇼** 그것뿐이지요, 왕자님.

**햄릿** 토지매도 문서는 양가죽으로 만들지 않던가?

**호레이쇼** 예, 왕자님. 송아지 가죽으로도 만들고요.

**햄릿** 그 따위 증서를 믿는 놈들은 양이나 송아지 같은 멍청이들이야. 그런데 이 작자하고 얘기를 좀 해봐야겠네.—여보게, 이건 누구 무덤인가?

**무덤파기꾼** 제 것입니다요, 나리.

(노래한다)

*오호라, 흙 속에 구멍까지 파놓으니*

**햄릿** 정말 자네 것이겠군. 자네가 그 속에 들어 있으니.

**무덤파기꾼** 나리는 밖에 계시니 나리 것은 아닙죠. 소인의 말이 거짓이 아니니 역시 제 것입죠.

**햄릿** 그 안에 있으니까 네 것이라는 말은 거짓이다. 무덤은 죽은 사람 거지, 산 사람 게 아니거든. 그러니 네 말은 거짓말이야.

**무덤파기꾼** 그건 새빨간 거짓말입니다. 자, 이제 다시 나리 차례입니다.[4)]

**햄릿** 그런데 어떤 사람을 묻을 무덤이냐?

**무덤파기꾼** 사내를 묻을 구멍이 아닌데요, 나리.[5)]

**햄릿** 그럼 어떤 여자 무덤이냐?

**무덤파기꾼** 그것도 아닙니다요.

**햄릿** 그럼 누굴 묻는다는 거냐?

**무덤파기꾼** 전에는 여자였지만 나리, 지금은 죽었습죠. 그녀의 영혼이 편히 잠들길.

**햄릿** 이거 정말 까다로운 녀석이군. 정확히 말해야지 안 그러면 말꼬투리를 잡혀 곤욕을 치르겠군. 사실 말이지 호레이쇼, 요삼년 동안 내가 목격했네만, 세상이 정말 세련되어져서 농사꾼 발가락이 귀족들 발뒤꿈치를 바짝 따라붙어 뒤꿈치가 까질 지경이네.— 그런데, 자넨 언제부터 무덤 파는 일을 했나?

---

4) 햄릿과 무덤파기꾼은 "—에 있다"와 "거짓말하다"라는 두 가지 의미를 가진 "lie" 동사를 이용하여 언어 대결을 벌이고 있다.

5) 이때 햄릿은 인간 전체를 가르키는 의미로 man을 사용했으나 무덤파기꾼은 그걸 남자로 해석하여 대응하고 있다.

**무덤파기꾼** 일년 하고많은 날 중에 하필이면 햄릿 선왕 폐하께서 포틴브라스를 쳐부수던 바로 그날부터입니다.

**햄릿** 그게 얼마나 됐냐?

**무덤파기꾼** 그것도 모르세요? 바보들도 다 아는 걸. 햄릿 왕자님이 태어나셨던 바로 그날 아닙니까?— 머리가 돌아서 영국으로 쫓겨 가신 왕자님 말입니다.

**햄릿** 그래 왕자는 왜 영국으로 쫓겨 갔나?

**무덤파기꾼** 머리가 돌아서요. 거기선 제정신이 돌아오겠지요. 하긴 안 그래도 거기서는 전혀 상관이 없습죠.

**햄릿** 왜?

**무덤파기꾼** 거기서는 머리가 돌아도 사람들 눈에 띄지 않거든요. 거기 사람들이 죄다 머리가 돌아서.

**햄릿** 그런데 왕자는 어떻게 머리가 돌았는가?

**무덤파기꾼** 아주 희한하게 돌았다더군요.

**햄릿** 어떻게 희한하게?

**무덤파기꾼** 그야 물론 제 정신이 아니니까요.

**햄릿** 그 원인이 어디 있는데?

**무덤파기꾼** 어디는 어디겠어요? 당연히 덴마크죠.[6] 이놈은 어려서부터 오늘

---

6) 이 장면에서 무덤파기꾼은 햄릿의 말의 의도에서 벗어나 자의적으로 해석한 뒤 엉뚱한 대답을 하는 말장난을 계속 한다. "그 원인이 어디 있는데?(Upon what ground?)"라는 햄릿의 말에서 "ground"는 "근거"라는 뜻이지만 무덤파기꾼은 "땅"이란 뜻으로 해석하고 답을 한다.

까지 30년 동안 쭉 여기서 무덤파기를 해왔습죠.[7]

**햄릿** 인간은 땅 속에서 얼마나 지나면 썩는가?

**무덤파기꾼** 그야 죽기 전부터 썩지 않는다면— 요즘은 매독에 걸려 죽는 놈이 많은데 그 놈들은 미처 파묻을 겨를도 없이 썩어버리거든요.— 대개는 8, 9년 갑니다. 무두장이는 9년은 버티죠.

**햄릿** 무두장이는 왜 그리 오래 버티나?

**무덤파기꾼** 그야 직업 덕분에 살가죽이 무두질이 잘 돼 있어서 한참 동안 물기가 스며들지 못하기 때문입죠. 경칠 놈의 송장을 썩히는 것은 물이거든요. 이 해골은 땅속에 묻힌 지 스물하고도 세 해나 됐습죠.

**햄릿** 그건 누구의 해골이냐?

**무덤파기꾼** 어떤 빌어먹을 놈의 것입죠. 누구 거 같은뎁쇼?

**햄릿** 나야 모르지.

**무덤파기꾼** 이 미친 자식, 염병에나 걸려라. 언젠가 이 자식이 내 머리에다 라인산 포도주를 한 병 다 들이부었습죠. 이건 바로 선왕의 어릿광대였던 요릭의 해골입니다.

**햄릿** 이게?

**무덤파기꾼** 그렇다니까요.

**햄릿** 세상에, 가여운 요릭. 호레이쇼, 나도 이 사람을 안다네. 재담이 끝이 없고 상상력도 아주 뛰어났지. 나를 천 번은 업어줬을텐데,

---

7) 이 대사를 통해 햄릿의 나이가 30세임을 알 수 있다.

지금 이 꼴을 보니 역겹군. 구역질이 날 지경이야. 여기쯤에 입술이 달려 있었겠지? 그 입술에 얼마나 입을 맞췄는지 모르네. 그런데 그대 익살, 장난기, 노래, 좌중 모두를 배꼽이 빠지라고 웃게 만들었던 그 기막힌 재담은 다 어디로 갔는가? 이제 자네 썩은 미소를 비웃는 조롱 한 마디 못하는가? 아래턱이 다 빠져 버렸나? 이제 그 꼴로 마나님 방으로 달려가 가르쳐 줘라. 아무리 분을 두껍게 발라 치장해도 결국 이 꼴을 면하지 못한다고. 그래서 그 여자를 실컷 웃겨 봐라. 여보게, 호레이쇼, 한가지만 물어보세.

**호레이쇼** 무엇입니까, 왕자님?

**햄릿** 알렉산더 대왕도 땅속에 이런 꼴을 하고 있을 거라 생각하나?

**호레이쇼** 그럴 겁니다, 전하.

**햄릿** 냄새도 이렇게 나고? 에이 퉤! (해골을 내려놓는다)

**호레이쇼** 그럴 겁니다, 왕자님.

**햄릿** 사람이 죽으면 어쩜 이리도 천한 쓰임새로 돌아가는가, 호레이쇼! 그러니 알렉산더 대왕의 존엄한 유해도 생각해보면 술 단지 마개가 됐을지도 모르는 일일세.

**호레이쇼** 그건 너무 지나친 상상이신 것 같습니다.

**햄릿** 아냐 전혀 그렇지 않네. 조금만 생각해 보아도 그 정도는 충분히 가능한 추리라고 할 수 있네. 알렉산더 대왕이 죽어 땅에 묻힌다, 그래서 결국 재로 돌아간다. 재는 결국 흙 아닌가? 흙으로 진

흙반죽을 만들지. 그럼 알렉산더 대왕이 변해서 된 재가 결국 술
통 마개가 될 수도 있지 않은가?
오만한 시저도 죽어서 한 줌 흙이 되어
바람벽 구멍을 막는 처지가 될 수 있지.
오, 온 천하를 떨게 하던 흙덩어리가
한겨울 찬바람 막기 위해 벽을 때우다니!
쉿, 그런데 잠깐만. 저기 왕과
왕비, 궁정 대신들이 오네.

관을 든 사람들, 사제, 왕, 왕비, 레어티즈, 궁정 대신들 등장

**햄릿** 그들이 따라가는 건 누구의
관일까?
이렇게 장례식이 초라하다니? 틀림없이 저 고인은
스스로 목숨을 끊은 모양이군. 하지만 지체 높은
사람이었던 모양이야.
잠시 숨어서 살펴보세.

**레어티즈** 의식은 이게 다요?

**햄릿** 저건 레어티즈군, 참 훌륭한 청년이지. 잘 보세.

**레어티즈** 다른 의식은 없소?

**신부** 이것도 우리 권한 내에서 최대한
정중히 치른 겁니다. 죽은 원인이 미심쩍으니까요.

왕명으로 관례를 벗어나지 않았다면 분명
축도를 받지 못한 채 땅에 묻혀
최후 심판일을 기다려야 했을 겁니다. 구원의 기도 대신
사금파리 조각이나 부싯돌, 자갈 세례를 받아야 하나
처녀에게 어울리는 꽃 장식, 무덤에 꽃 뿌리기,
조종을 울리며 안구하고
매장하는 것을 허용했습니다.

**레어티즈** 이 이상은 할 수 없단 말이오?

**신부** 더 이상은 안 됩니다.
평안히 숨을 거둔 사람의 장례처럼 진혼가를 부르고
안식을 노래하면 오히려 장례식을
모독하는 게 됩니다.

**레어티즈** 그럼 묻으시오.
아름답고 순결한 저 아이의 몸에서
제비꽃이 피어나길! 무정한 사제여, 내 고하니
그대가 지옥에 떨어져 고통으로 울부짖을 때
내 누이는 하늘의 천사가 되어 있을 거요.

**햄릿** 뭐? 어여쁜 오필리어가!

**왕비** (꽃을 뿌리며) 아름다운 이에게 아름다운 꽃을! 잘 가거라!
네가 햄릿의 아내가 되길 바랬다. 아름다운 처녀야,
네 신방을 꽃으로 꾸밀 줄 알았지, 네 무덤에 뿌리게

될 줄은 몰랐구나.

**레어티즈** 아, 세 겹의 슬픔이
몇 십 배가 되어 그 놈의 못된 짓으로
섬세한 너의 정신을 미치게 만든 저주스러운 놈의
머리에 쏟아져라! 잠깐 흙을 덮지 마라.
한 번 더 내 품에 안아 보게.
(무덤 속으로 뛰어든다)
자, 이제 산 자와 죽은 자 위에 흙을 덮어라.
이 평지를 저 펠리온 산봉우리[8]보다 더 높이,
하늘을 찌르는 푸르른 올림포스 산보다 더 높이
만들어라.

**햄릿** 도대체 누가 그렇게 요란스럽게
한탄하는가? 그 슬픔에 찬 소리를 듣노라면
하늘을 떠도는 별들도 넋을 잃고
발길을 멈출 것 같구나. 난 덴마크의
햄릿이다.

**레어티즈** (햄릿을 틀어잡고) 네 영혼은 악귀나 물어가라!

**햄릿** 기원이 무엄하구나.
내 목에서 손을 떼어라.

---

8) 거인 족이 신들에게 반란을 일으켰을 때 올림포스 산의 신들을 공격하려고 올림퍼스 산 근처에 있던 오사(Ossa) 산 위에 덧쌓은 산이다.

난 성깔이 있거나 경솔하진 않지만
내 안에는 위험한 것이 도사리고 있으니
조심하는 게 좋을 거다. 이 손 치워라.

**왕** 둘을 떼어 놓아라.

**왕비** 햄릿, 햄릿!

**모두들** 자, 두 분!

**호레이쇼** 왕자님, 진정하십시오.

**햄릿** 이 문제를 놓고는 내 눈에 흙이 들어갈 때까지
저자와 싸우겠다.

**왕비** 아들아, 도대체 무슨 문제 말이냐?

**햄릿** 저는 오필리어를 사랑했습니다. 4만 명이나 되는
오라비의 사랑을 다 합쳐도 내 사랑에는 미치지
못할 것입니다. 오필리어를 위해 뭘 할 수 있는데?

**왕** 오, 왕자는 제 정신이 아니다, 레어티즈.

**왕비** 제발 그 애를 가만 둬라.

**햄릿** 제기랄, 뭘 할건지 말해봐.
울 테냐? 싸울 테냐? 굶어 죽을 테냐? 너 자신을
찢을 테냐? 식초를 마실 테냐? 악어라도 먹을 테냐?
그까짓 것 나도 하마. 징징대려고 여길 온 거냐?
그녀 무덤 속에 뛰어들어 날 무안하게 하려고?
산 채로 오필리어와 묻히겠다면 나도 그렇게 하마.

뭐 산을 쌓으라고? 그렇다면 수백만 에이커의 흙을
우리 위에 쌓아 그 꼭대기가
불타는 태양에 닿아 타고,
오사 산이 사마귀처럼 보이게 해라. 네가
큰소리치면 나도 얼마든지 고함쳐주마.

**왕비** 이건 모두 실성한 탓이다.
발작이 일어나면 저렇게 난리를 치지만
조금만 지나면 마치 귀여운 황금색 새끼
두 마리를 까놓은 암비둘기처럼 온순해져
고개를 떨구고 조용해질 거다.

**햄릿** 이봐 레어티즈,
나를 왜 이리 대하느냐?
난 항상 널 좋아했다. 그러나 이젠 다 필요 없다.
헤라클레스[9]가 제아무리 용을 써봤자
고양이는 여전히 야옹거리고, 개는 여전히 짖어대니까. (퇴장)

**왕** 호레이쇼, 부탁이다. 왕자의 뒤를 따라가 보아라.
(호레이쇼 퇴장)
(레어티즈에게 방백) 어젯밤 나눈 대화를 생각하며 꼭 참아야 한다.
당장 계획을 시행할테니.—

---

9) 흔히 불가능한 일을 해내는 인물의 전형이다.

왕비, 아들에게 사람을 붙여 잘 지켜보게 하시오.

그리고 이 무덤에는 기념비를 세우리라.

머지않아 평화로운 날이 오겠지.

그때까지 인내하고 일을 진행하리라. (퇴장)

# 5막 2장

햄릿과 호레이쇼 등장

**햄릿** 그 얘긴 그쯤 하고, 이제 다른 얘길 들어 보게.
자네, 모든 상황을 기억하고 있지?

**호레이쇼** 기억하고 있습니다. 왕자님!

**햄릿** 여보게, 난 마음속에서 이는 고통으로
잠을 이룰 수가 없었네. 족쇄를 찬
모반자보다 못한 처지라고 생각했지. 그래 서둘러서—
이런 경우엔 성급함을 칭찬해야 하네.
치밀한 계획이 실패할 땐 무모함이
큰 도움이 되지. 그리고 그걸 통해
우리가 아무리 대충 잘라놓아도
우리 목적대로 형체를 만들어 주는

신의 힘이 있음을 깨달아야 하네.

**호레이쇼** 그건 분명합니다.

**햄릿** 나는 선실에서 일어나,
선원용 외투를 걸치고 어둠 속을
더듬거려 바라던 것을 찾아냈고,
그 꾸러미를 훔쳐 선실로 되돌아와 대담하게,
두려움 때문에 체면도 잊은 채, 그 중대한 친서를
뜯어보았네. 호레이쇼, 거기에는—
아, 왕의 사악한 음모가 담겨 있었네!—
덴마크 왕과 영국 왕의 안위를 위해서라는
갖가지 이유와 함께, 나를 살려두면 발생할
갖가지 위험을 운운하면서
읽자마자 조금도 지체하지 말고,
아니 도끼날을 갈 것도 없이
내 목을 쳐야 한다는 명령이 적혀 있었네.

**호레이쇼** 그럴 수가요?

**햄릿** 그 친서가 여기 있으니 짬 날 때 읽어 보게.
이제 내가 그 일을 어찌 처리했는지 들어 보겠나?

**호레이쇼** 얘기해 주십시오.

**햄릿** 그렇게 악행의 그물에 꼼짝없이 걸려들자
내 머리는 서막을 생각해내기도 전에

연극을 시작했네.— 난 자리에 앉아
친서를 새로 만들었는데 정자체[1]로 썼다네.
예전에는 정치가들처럼
그 서체를 천하다 여겨 애써 배운 것을
잊으려고 노력했네만, 이번에
그것이 한 몫 톡톡히 했네. 내 뭐라고
썼는지 알고 싶나?

**호레이쇼** 네, 왕자님.

**햄릿** 덴마크 왕으로부터의 간절한 바램이니
영국 왕은 덴마크 왕의 충성스러운 봉신이니만큼
둘 사이의 호의가 야자수처럼 번성하니만큼
평화의 여신이 늘 밀 이삭 화관을 쓰고
양국 친선의 교량이 되어야하니만큼
등등 온갖 이유를 댄 뒤
친서를 읽고 내용을 확인하는 즉시
더 이상 논의할 것도 없이,
친서 지참자들을 고해할 틈도 주지 말고
당장 처단하라고 썼네.

**호레이쇼** 봉인은 어떻게 하셨습니까?

**햄릿** 글쎄, 그 문제도 하늘이 도와 주셨지.

---

1) 서기들이 공문서에 쓰는 반듯한 서체를 말한다.

아버님의 옥새가 내 지갑 속에 있었네.
지금 덴마크 옥새는 그걸 본뜬 거지.
난 새로 만든 친서를 원래 접혀 있던 대로 접고
서명하고 옥새를 찍은 뒤 감쪽같이 도로
갖다 뒀지. 그런데 바로 그 다음 날,
해적과 싸움이 벌어졌고, 그 뒷일들은
자네가 이미 알고 있는 그대로일세.

**호레이쇼** 그럼 길덴스턴과 로젠크랜츠는 갔겠군요.

**햄릿** 여보게, 이 일은 그들이 자청해서 한 일이네.
그들에 대해서는 조금도 양심의 가책을 느끼지 않네.
그들의 파멸은 자기네가 공연히 끼어든 탓이니까.
두 막강한 적대자가 독이 올라
주고받는 칼 틈에 하찮은 존재가 끼어드는 건
위험한 일이지.

**호레이쇼** 세상에, 뭐 이런 왕이 다 있습니까?

**햄릿** 자네 생각엔 선왕을 시해하고 어머닐 더럽히고
왕위를 계승하고자 했던 내 길을 막고
내 목숨까지 노려 그따위 속임수로
낚싯바늘을 던진 자를 이 손으로 없애 버리는 것이
양심상 떳떳하다고 여기지 않는가?— 그리고
인간의 본성을 좀먹는 이런 자를 방치하여

그 이상의 악행을 저지르게 하는 건
천벌 받을 일 아니겠는가?

**호레이쇼** 영국에서 그 일의 결과가 어찌 되었는지
머지않아 그에게 알려 줄 것입니다.

**햄릿** 곧 그럴 걸세. 그동안의 시간은 내 것이지.
인간의 목숨이란 "하나"하고 세는 사이에 날라가지.
그러나 호레이쇼, 레어티즈에게 이성을 잃고
행동한 것은 참 미안하네.
내 경우에 비추어 그의 심정이 어떨지
헤아릴 수 있네. 그의 호의를 청해보겠네.
하지만 그가 너무 슬퍼하니까 나도 감정이
격해졌었네.

**호레이쇼** 잠깐만요. 저기 오는 게 누구지요?

조신 오즈릭 등장

**오즈릭** 왕자님의 귀국을 충심으로 환영합니다.

**햄릿** 참으로 고맙소.— 자네, 이 물파리 같은 놈을 아는가?

**호레이쇼** 모릅니다, 왕자님.

**햄릿** 그거 다행일세. 저런 놈을 알아야 좋을 게 없어. 저자는 비옥한 땅을 많이 가지고 있네. 짐승 같은 놈도 가축을 많이 소유하면, 여물통을 들고 왕의 식탁에서 같이 식사할 수 있지. 저자는 시골

뜨기지만 광대한 토지를 소유하고 있네.

**오즈릭** 왕자님, 한가로우시면 폐하의 말씀을 아뢸까 하옵니다.

**햄릿** 내 들으리라. 정신 바짝 차리고.
모자를 제 용도에 맞게 사용하게. 모자는 머리에 쓰는 거야.

**오즈릭** 감사합니다만, 왕자님, 너무 더워서요.

**햄릿** 아니지, 북풍이 불어서 너무 추워.

**오즈릭** 정말이지 너무 춥습니다, 왕자님.

**햄릿** 그런데 푹푹 찌는 거 같네. 내 체질엔 너무 더워.

**오즈릭** 정말이지, 왕자님, 푹푹 찝니다.— 이를테면—
말할 수 없을 정도로요. 왕자님, 폐하께서 왕자님에게
큰 내기를 걸었으니 그걸 알리라고 하셨습니다. 그 내용
인즉—

**햄릿** (모자를 쓰라는 몸짓을 하며) 제발, 그대 모자를—

**오즈릭** 아니요, 정말 이게 편합니다. 왕자님, 최근에 레어티즈 님이 궁정에 돌아왔는데, 정말이지 완벽한 신사로서 아주 빼어난 자질들을 두루 갖추고 아주 부드러운 예법 및 멋진 외모를 지니셨습니다. 사실, 좀 더 실감 나게 말씀 드리자면, 그분은 신사의 모델이자 전형입니다. 신사한테서 보고자 하는 온갖 것을 그분에게서 보실 수 있으니까요.

**햄릿** 그대가 그를 설명함에 부족한 건 없었네. 물론 그의 자질을 목록으로 열거하듯이 열거하려면 산술 기억력에 혼란이 오고, 그

의 빠른 배를 쫓다가는 옆길로 안 빠질 수 없지만. 그래도 진실로 칭송하건대, 난 그를 대단히 찬양할 만한 사람이고 참으로 보기 드문 성품을 지닌 자로 여기네. 그를 제대로 표현하자면, 그와 유사한 사람은 그의 거울 뿐으로, 그밖에 그의 뒤를 쫓고자 하는 자는 그의 그림자 이상은 되지 못하지.

**오즈릭** 그분에 대해서 아주 정확하게 말씀하십니다.

**햄릿** 그런데 취지가? 왜 그 친구를 우리같이 천한 자들의 입에 올리는가?

**오즈릭** 예?

**호레이쇼** 좀 달리 말하면 못 알아듣겠소? 분명 다른 표현에도 익숙해져야 할 것이오.

**햄릿** 그 신사를 거명하는 의도가 뭐냔 말이오?

**오즈릭** 레어티즈 님이요?

**호레이쇼** 그의 말지갑이 벌써 바닥나서 황금 언어를 모두 다 써 버렸습니다.

**햄릿** 그래, 그 사람 말이네.

**오즈릭** 왕자님께서도 모르시지 않는다고 생각합니다만—

**햄릿** 그리 알아주면 좋지. 하긴 그런다고 해도 별 칭찬은 못 되지만. 그래서?

**오즈릭** 왕자님도 레어티즈 님이 얼마나 훌륭한 지 모르시지 않지만—

**햄릿** 내 감히 그리 고백은 못하겠네. 출중함을 두고 그자와 겨루는 꼴이 될까봐. 헌데 남을 잘 안다는 것은 자기 자신을 아는 것이지.

**오즈릭** 제가 말씀드리는 건 그분의 무예입니다. 그 분을 모시는 자들의 평가에 따르면 천하무적이라고 하옵니다.

**햄릿** 그가 사용하는 무기는 무엇인가?

**오즈릭** 세검과 단검입니다.

**햄릿** 그 두 가지를 사용한다? 뭐, 좋아.

**오즈릭** 왕자님, 폐하께서는 그에게 바르바리산 말 여섯 필을 거셨고, 이에 맞서 그분은, 제가 알기로, 프랑스산 세검 및 단검 여섯 자루와 그것들에 딸린 자루와 칼 고리 같은 부속품들을 걸었습니다. 그중 운반대 셋은 장식이 아주 뛰어나서 칼자루와 썩 잘 어울리며 아주 정교한 데다 아낌없이 재간을 부린 것이옵니다.

**햄릿** 운반대가 도대체 뭔가?

**호레이쇼** 이해하시려면 주석이 필요하실 거라 생각했습니다.

**오즈릭** 운반대란 칼꽂이 말씀입니다, 왕자님.

**햄릿** 만약 우리가 옆구리에 대포를 지니고 다닐 수 있다면 그 표현이 적절할 것이네.— 그때까지는 칼꽂이라고 하세. 계속 하게. 프랑스제 검 여섯 자루 및 부속품과 아낌없이 재간을 부린 칼꽂이 세 개에 대해 바르바리산 말 여섯 필이라.—그야말로 덴마크 대 프랑스구먼. 그런데 이런 걸 왜, 자네 말마따나, 걸었는가?

**오즈릭** 왕자님. 폐하께서는 두 분이 열두 번을 싸울 경우, 그분이 왕자님을 석 점 이상 앞지르지 못할 것이라고 장담하셨습니다. 래어티즈 님은 12회전 가운데 9회전을 자기가 이긴다는 데 내기를 거셨습니다. 그리고 왕자님께서 응해 주신다면 당장 시합이 성사될 수도 있습니다.

**햄릿** 내가 안하겠다고 응하면?

**오즈릭** 제가 말씀드린 것은 시합에 응한다는 것이었습니다.

**햄릿** 이보게. 난 여기 복도를 걷고 있겠네. 폐하께서 괜찮으시다면 하루 중 이때는 마침 내가 운동하는 시간이니 검들을 가져오게 하게. 그 신사 분이 원하고 왕께서 뜻하신다면 난 왕을 위해 이길 것이고 이길 수 있네. 못 이긴대도 몇 대 얻어맞고 망신당하는 게 고작이겠지.

**오즈릭** 그렇게 전해 올릴까요?

**햄릿** 자네 본성에 맞는 어떤 미사여구를 쓰든지 간에 그런 취지로 전달하게.

**오즈릭** 왕자님께 충성을 바치겠습니다.

**햄릿** 자신에게나 충성하게. (오즈릭 퇴장)

저자는 자기를 위해 말을 잘해 줄 사람이 아무도 없으니 스스로에게 충성을 잘하지.

**호레이쇼** 댕기물떼새처럼 머리에 조개껍데기를 쓰고 도망갔습니다.

**햄릿** 저자는 분명 젖 빨기 전에 젖꼭지에게 인사부터 했을 사람이네. 그래서 한심한 이 시대 사람들이 좋아하는 저와 비슷한 패거리들은 사교를 통해 미숙한 단어들을 주워 모아 최신 유행어를 습득하지. 그 덕에 엄선되고 정선된 의견들 사이를 요리조리 헤집고 다니지만 시험 삼아 훅 불기만 해도 거품이 꺼져 버리지.

귀족 등장

**귀족** 왕자님, 폐하께서 젊은 오즈릭 공을 통해 전갈을 보내셨고, 그가 왕자님이 복도에서 기다리신다는 전갈을 갖고 돌아왔습니다. 폐하께서는 소신을 보내시어 왕자님께서 레어티즈 님과 시합을 하실 의향인지, 아니면 시간이 더 필요한지 알아보라 하셨습니다.

**햄릿** 폐하의 뜻을 따르겠다는 내 의중에는 변함이 없소. 폐하께서 좋으신 때를 말씀하시면 난 준비가 되어 있소. 지금이든 언제라도. 단, 내 몸 상태가 지금 같다면 말이오.

**귀족** 폐하와 왕비마마 일행이 오고 계십니다.

**햄릿** 마침 잘됐군.

**귀족** 왕비마마께서는 시합에 들어가기 전에 왕자님께서 레어티즈 님에게 환대의 말씀을 하셨으면 하십니다.

**햄릿** 당연한 분부시오. (귀족 퇴장)

**호레이쇼** 지실 겁니다, 왕자님.

**햄릿** 난 그렇게 생각하지 않네. 그가 프랑스로 간 뒤에 난 계속 연습했거든. 석 점 접어주니 이길 거야. 내 가슴속에 얼마나 불길한 생각이 드는지 자넨 모를 걸세. 하지만 상관없어.

**호레이쇼** 안됩니다, 왕자님.

**햄릿** 어리석은 기우일 뿐이야. 여자들이나 신경 쓸 걱정이지.

**호레이쇼** 조금이라도 마음이 내키지 않으면 하지 마십시오. 제가 그분들 오시는 걸 막고, 왕자님께서 준비가 안 됐다고 아뢰겠습니다.

**햄릿** 그럴 필요 없네. 난 전조 따위 믿지 않아. 참새 한 마리 떨어지는 데도 특별한 섭리가 있는 법. 죽을 때가 지금이면 나중에 아니 올 것이고, 나중에 올 것이 아니라면 지금일 것이네. 지금이 아니라 해도 언젠가 반드시 올 테니 마음의 준비만 되어 있으면 되지. 아무도 자기가 무엇을 남기고 떠나는지 모르는데, 좀 일찍 떠난들 어떤가? 내버려두게.[2]

탁자가 준비된다. 나팔수, 고수, 방석을 든 관리들 등장.

왕, 왕비 레어티즈, [오즈릭], 전 대신들과 검과 단검 든 시종들 등장

**왕** 자, 햄릿, 이리 와서 이 손을 잡아라.

(레어티즈의 손을 햄릿 손에 쥐어준다.)

**햄릿** 여보게, 날 용서하게. 내가 잘못했네.
자네는 신사이니 용서하게.
내가 정신 이상으로 어떤 형벌을 받고 있는 지는
이 좌중들이 다 알고 있고 자네도 필시 들었을 걸세.

---

2) 박우수는 햄릿이 바다 경험 이후 인생관이 바뀌어 "인간의 역사 가운데 인간의 의지를 초월하는 절대의 힘, 혹은 운명 같은 것이 작용한다"고 믿게 되었다고 주장한다.(박우수 역, 『햄릿』 열린책들. 2010, <역자해설>,224)

자네의 효성, 명예심, 그리고 반감을 심히 자극한
나의 행동은
광기였음을 이 자리에서 공언하네.
햄릿이 레어티즈에게 잘못 했을까? 절대 햄릿이 아닐세.
햄릿이 자기 자신과 분리되어
제 자신이 아닐 때 레어티즈에게 잘못을 하면,
그건 햄릿 짓이 아니네. 햄릿은 그걸 부인하네.
그럼 누가 한 거지? 그의 광기지. 그렇다면
햄릿 또한 피해자인 셈이지.
그의 광기는 불쌍한 햄릿의 적이네.
자, 이 사람들 앞에서
내 악행이 의도적이 아니었음을 밝히니
너그러운 마음으로 내가 지붕 너머로 활을 쏘아
내 형제를 다치게 했다는 생각에서 나를
해방시켜 주게.

**레어티즈** 내게 복수심을
가장 불러일으킨 건 효성인데 그 점에선
이제 됐습니다. 그러나 명예 면에서는
잠시 시간을 두고, 이름에 손상이 가지 않도록
명망 있는 스승들로부터 화해를 권하는
말씀과 선례를 들을 때까지는

받아들이지 않겠습니다. 하지만 그때까지
왕자님의 호의를 호의로 받아들이고
욕되게 하지 않겠습니다.

**햄릿** 흔쾌히 그 말을 받아들이고
이 형제간의 내기에 허심탄회하게 임하겠네.
검을 다오.

**레어티즈** 내게도 검을 주오.

**햄릿** 레어티즈, 내 자넬 명검으로 만들어 주지.[3] 내가 미숙하니,
자네의 재주는 칠흑 같은 밤의 별처럼
아주 찬란히 빛날 걸세.

**레어티즈** 놀리지 마십시오, 왕자님.

**햄릿** 맹세코 놀리는 게 아닐세.

**왕** 오즈릭, 두 사람에게 검을 갖다 주어라. 내 조카 햄릿아,
내기 내용은 알고 있지?

**햄릿** 잘 알고 있습니다, 폐하.
폐하께서 약한 쪽에 유리한 조건을 거셨더군요.

**왕** 그에 대해서는 걱정하지 않는다. 너희 둘을 보아 왔는데
그의 실력이 더 뛰어나서, 네게 유리한 조건을 준 것이다.

---

3) 여기서 햄릿은 foil의 다의성을 이용하여 말장난을 하고 있다. 앞에서 "검(foil)을 다오."라고 얘기한 뒤 "내가 그댈 빛나게 해주겠다.(I'll be your foil)"라고 말한다. 이때 foil이란, "빛나게 해주는 것"이란 뜻이다. 말장난을 살려보고자 "내 자넬 명검으로 만들어 주지"라고 의역하였다.

**레어티즈** 이건 너무 무겁군. 다른 것 좀 보여주게.

**햄릿** 난 좋은데. 검들 길이는 다 같겠지?

**오즈릭** 그러하옵니다, 왕자님. (두 사람 경기할 준비를 한다.)

와인 잔을 든 하인들 등장

**왕** 와인 잔을 저 탁자 위에 올려놔라.
햄릿이 1회전이나 2회전에서 득점하거나
3회전까지의 결과 동점을 이루면
성벽 위의 모든 대포를 발사하라.
국왕이 햄릿의 건투를 위하여 건배할 것이며
그 잔 속에는 덴마크의 역대 네 왕들이
왕관에 달았던 것보다 더 값비싼
진주를 넣겠다.— 잔을 달라.—
그리고 고수는 나팔수에게, 나팔수는
밖에 있는 포수에게, 또 대포는 온 하늘에,
하늘은 땅에 고하게 하라.
'지금 왕이 햄릿을 위해 건배하고 있노라'고. 자, 시작하라.
그리고 심판들은 주의 깊게 잘 보아라.

**햄릿** 자, 덤비게.

**레어티즈** 덤비십시오, 왕자님. (둘이 겨룬다.)

**햄릿** 한 점.

**레어티즈** 아닙니다.

**햄릿** 심판!

**오즈릭** 한 점입니다. 명백한 한 점입니다.

**레어티즈** 좋다. 그럼 다시.

**왕** 잠시 멈춰라. 술을 다오. 햄릿, 이 진주는 네 것이다.
이것은 너의 건투를 위한 것이다.
(북소리, 나팔 소리, 포성)
왕자에게 이 잔을 주어라.

**햄릿** 이번 판 치르고 마시겠습니다. 거기 잠시 두십시오.
덤벼라. (다시 겨룬다.)
또 한 점, 어떤가?

**레어티즈** 인정합니다.

**왕** 우리 아들이 이기겠구먼.

**왕비** 왕자의 몸이 둔해지고 숨도 가쁘네요.
여기, 햄릿, 내 손수건을 받아 이마의 땀을 닦아라.
어미가 네 행운을 빌며 축배를 마시겠다, 햄릿.

**햄릿** 고맙습니다, 왕비마마.

**왕** 거트루드, 마시지 마오.

**왕비** 마시렵니다. 폐하, 용서하세요.
(왕비 마신 뒤 햄릿에게 잔을 권한다.)

**왕** (방백) 저건 독주인데. 너무 늦었다.

**햄릿** 아직 못 마십니다. 왕비마마, 조금 있다가요.

**왕비** 자, 네 얼굴을 닦아 주마.

**레어티즈** 폐하, 이제 그를 찌르겠습니다.

**왕** 그렇게 못할 것 같구나.

**레어티즈** (방백) 암만해도 양심에 걸리는군.

**햄릿** 3회전이야, 레어티즈. 자네는 장난만 치는군. 제발 힘껏 공격해보게. 나를 데리고 노는 것 같군.

**레어티즈** 그래요? 그럼 덤비십시오. (둘이 겨룬다.)

**오즈릭** 둘 다 무득점이요.

**레어티즈** 이제 맛 좀 봐라. (레어티즈 햄릿에게 상처를 입히고, 난투 중 서로 칼을 바꿔 쥔다.)

**왕** 저들을 떼어 놔라. 너무 흥분했다.

**햄릿** 아니, 다시 덤벼라. [햄릿이 레어티즈에게 상처를 입힌다.]

(왕비가 쓰러진다.)

**오즈릭** 어, 거기 왕비마마를 돌보시오!

**호레이쇼** 양쪽 다 피를 흘리는군. 왕자님, 괜찮으십니까?

**오즈릭** 레어티즈, 괜찮소?

**레어티즈** 이런, 자기 덫에 걸린 도요새처럼, 오즈릭, 난 내 함정에 빠져 죽는구려.

**햄릿** 왕비마마는 어떠신가?

**왕** 저들이 피 흘리는 걸 보고 졸도했다.

**왕비** 아니다, 아냐. 저 술, 저 술! 오, 내 아들 햄릿!
저 술이다, 저 술! 난 독살됐다. (죽는다)

**햄릿** 아, 극악무도하구나! 여봐라, 문을 걸어라.
음모다! 범인을 밝혀내라. (오즈릭 퇴장)

**레어티즈** 여기 있습니다, 왕자님. 왕자님도 돌아가실 겁니다.
이 세상 어떤 약도 소용없습니다.
왕자님에겐 반시간의 생명도 남지 않았습니다.
칼끝이 날카롭고 독이 묻어 있는 흉계의 도구는
왕자님 손에 있습니다. 사악한 흉계가 저 자신에게
되돌아왔습니다. 보십시오, 전 이렇게 쓰러져
다시는 일어서지 못합니다. 왕비마마께선 독살되셨습니다.
더 이상 말할 기운이 없군요. 왕..... 왕의 짓입니다.

**햄릿** 칼끝에 독까지! 그렇다면 독이여, 네 기능을 다하라.
(왕에게 상처를 입힌다.)

**모두** 반역이다! 반역!

**왕** 오, 아직 나를 보호하여라. 여봐라, 난 부상만 당했다.

**햄릿** 여기, 이 근친상간에 살인까지 저지른 천벌 받을
덴마크 왕아. 독배를 다 비워라. 네 진주가 여기 있느냐?
어머님 뒤를 따라라.[4] (왕 죽는다.)

---

4) 왕은 술잔에 진주(union)를 넣었다고 했다. 햄릿은 그 단어가 "합일"

**레어티즈** 그는 죽어 마땅합니다.
그건 왕이 직접 준비한 독주였습니다.
고귀하신 왕자님, 이제 서로 용서를 나눕시다.
저와 선친의 죽음이 왕자님께 죄가 되지 않고,
왕자님의 죽음 또한 제 죄가 되지 않기를. (죽는다)

**햄릿** 하늘이 그대 죄를 용서하리. 나도 그대를 따르리라.
호레이쇼, 난 죽네. 불쌍하신 어마마마, 안녕히 가십시오.
이 참상에 파랗게 질려 떨고 있는 여러분,
이 비극의 무언 배우나 관객일 뿐인 여러분께
시간만 있다면, 오, 말할 수 있을 텐데.—
냉혹한 저승사자가 어김없이 잡아가니—
관두세. 호레이쇼, 난 죽네.
자넨 살아남아 궁금해 하는 이들에게
나와 내 명분을 올바로 전해주게.

**호레이쇼** 절대 그리 믿지 마십시오.
전 덴마크 인이기보다는 고대 로마 인입니다.
여기 아직 독배가 좀 남아 있습니다.

**햄릿** 자네는 사나이니
그 잔을 내게 주게. 제발 놓으라고. 이리 주게.

---

이란 또 다른 뜻을 갖고 있으므로 죽은 어머니와 죽어 합일하라는 것이다.

오, 하나님! 호레이쇼, 이 사태를 설명하지 않고 두면
난 크나큰 오명을 남길 걸세.
자네가 나를 마음속에 품은 적이 있다면
잠시 천상의 행복일랑 미뤄 두고
이 모진 세상에서 고통 속에 숨을 이으며
내 사연을 전해 주게. (멀리서 행군하는 소리와 포성소리)
웬 전쟁 소리인가?

오즈릭 등장

**오즈릭** 폴란드를 정복하고 돌아온 포틴브라스 왕자가
영국 사절들에게 요란한 예포를
쏘고 있습니다.

**햄릿** 아, 난 죽네, 호레이쇼.
강한 독이 내 정신을 완전히 압도하는군.
영국 소식은 듣지 못하고 죽네만
포틴브라스에게 왕위계승권을 유언하네.
내 유언으로 그를 지명하네.
그에게 그리 전하게. 그리 된 이런저런
사정들과 함께.— 남은 건 침묵 뿐. (죽는다.)

**호레이쇼** 고귀한 심장이 터졌구나. 고이 잠드소서, 사랑하는 왕자님.
천사들 노래 들으시며 영면하소서.

(안에서 행군소리)

왜 고수들이 이리로 오는 걸까?

포틴브라스, 영국 사절들, 북과 군기 든 병사들 등장

**포틴브라스** 참변 현장은 어디냐?

**호레이쇼** 무엇을 보시렵니까?
비참하고 놀라운 광경을 원하신다면 더이상 찾을 필요 없습니다.

**포틴브라스** 이 시체 더미가 무자비한 살육을 말해 주는구나.
아, 오만한 죽음이여. 그대의 영원한 암실에서
무슨 잔치 벌이려고 이 많은 왕족을 저리도
무참하게 한꺼번에 쓰러뜨렸느냐?

**사신** 참으로 끔찍한 광경이오.
우리 영국 소식은 너무 늦게 도착했나 봅니다.
명령대로 실행하여 로젠크랜츠와 길덴스턴을
죽였단 말을 들어 주실 분의
귀는 감각을 잃었군요.
고맙단 말을 어디서 들어야 하나?

**호레이쇼** 고맙다고 말할 자의
생명이 있다 해도 고맙다는 말은 듣지 못했을 거요.
그 분은 그들의 죽음을 명하지 않았소.

그러나 이 피비린내 나는 사태와 거의 때를 맞춰
왕자님은 폴란드 전쟁에서, 사신들은 영국에서
당도하셨으니, 명을 내려 이 시신들을
잘 보이는 높은 단상 위에 올려놓고
아직 영문을 모르는 세상 사람들에게 이런 일이
어떻게 벌어지게 된 것인지 설명하게 해 주시오. 그러면
근친상간, 천륜을 어긴 잔인한 범죄,
우연한 하늘의 심판과 우발적인 살인,
간계와 술책으로 빚어진 죽음과, 결국
그 결과가 음모를 짜낸 머리 위에 떨어진 것
등에 대해 들으시게 될 겁니다. 제가 이 모든 걸
진실되게 전해 드릴 수 있습니다.

**포틴브라스** 서둘러 들어 봅시다.
중신들도 불러 듣게 합시다.
나는 이 행운을 슬픈 마음으로 받아들이는 바요.
난 이 왕국에 권리가 있음을 기억하는 바,
이번 호기를 맞아 주장하는 바요.

**호레이쇼** 그 문제에 대해서도 말씀드릴 겁니다.
다수의 지지를 끌어낼 분이 그에 대해 말씀하셨습니다.
그러나 먼저 이 일을 처리해 주십시오.
인심이 흉흉한 때이니만큼 음모와 오해 때문에

또 무슨 불상사가 생길까 두렵습니다.

**포틴브라스** 네 명의 부대장은
햄릿 왕자를 무인의 예를 갖춰 단상으로 모셔라.
그는 보위에 올랐더라면
가장 훌륭한 왕이 되었을 것이다. 그리고 그의
시신을 운구하는 동안 군악을
소리 높여 울리도록 하라.
다른 시신들도 들어 올려라. 이와 같은 광경은
전장에나 어울리지 이 자리에는 어울리지 않는다.
가서 병사들에게 조포를 쏘라고 명하라.

([시신을 메고]행군하며 전원 퇴장. 잠시 뒤 포성 소리)

# 작품해설

4대 비극 중 가장 먼저 1601년에 집필된 『햄릿』은 덴마크의 역사가인 삭소 그라마티쿠스(Saxo Gramaticus)의 『덴마크의 역사』(*Historae Danicae*, 1514), 이를 바탕으로 쓴 프랑스의 프랑수아 드 벨포레스트(Francois de Belleforest)의 『비극 이야기』와 현존하지 않지만 셰익스피어 선배 작가에 의해 쓰여진 것으로 알려진 작자 미상의 극 『원 햄릿』(*Ur-Hamlet*)을 원전으로 하여 쓰여진 극이다. 중세 때부터 덴마크 사람들에게 전해 내려오던 Amleth 왕자의 전설을 소재로 한 이 극은 12세기경의 덴마크를 배경으로 한다. 셰익스피어의 4대 비극 가운데서도 최고의 작품으로 손꼽히는데 그 이유는 이 극이 인간의 가장 보편적인 주제인 삶과 죽음의 본질적 문제들을 고찰하고 있기 때문일 것이다. 기오 브란데스(Georg Brandes)는 『햄릿』을 근대 최초의 철학적 연극이라 명명하고, 햄릿을 전형적인 근대적 등장인물이라 평가했다.

『햄릿』은 한 인물이 자신이 감당할 수 없는 부조리한 상황에 부딪혀

정신적 고통을 겪으며 무너져 가는 모습을 잘 보여준다. 동생에 의한 형의 살해와 왕권찬탈, 그 동생과 형수의 근친상간적 결합 등 참으로 추악한 일들이 벌어지는 세상에서 섬세한 감수성을 지닌 햄릿은 우울하고 염세적이 된다. 햄릿에게 이 세상은 이성과 질서가 존재하는 곳이라고 여겨지지 않는다. 그는 비이성적인 본능과 욕망만 난무하는 이 세상에 한없는 환멸을 느낀다. 그래서 햄릿의 첫 독백은 세상에 대한 회의와 죽음에 대한 동경으로 시작한다. 그리고 자살을 죄악으로 금지한 하나님의 율법이 원망스럽기만 하다.

햄릿의 숙부 클로디어스가 형인 선왕을 죽이고 왕권을 찬탈한 행위는 사회 질서 파괴의 대표적인 행위이다. 사회를 어지럽히는 비열한 범죄와 더러운 욕망, 숙부의 미소 뒤에 숨은 본질을 알게 된 햄릿은 숙부의 감시의 눈길을 피하기 위해 미친 사람처럼 행동한다. 광인의 가면을 쓴 햄릿은 사회로부터 동떨어져서 날카로운 시선과 혀로 덴마크 궁정의 정치적, 사회적, 도덕적 부패를 비난한다. 햄릿이 염세주의에 빠진 또다른 이유는 어머니를 비롯한 많은 이들의 변절이다. 선왕이 죽은 지 채 두 달도 되지 않아 숙부의 품에 안긴 어머니, 정통성이 결여된 숙부에게 편승한 폴로니어스나 오즈릭 같은 기회주의 조신들이 햄릿을 냉소적으로 만든다. 햄릿은 이 거짓되고 변덕스럽고 위선적인 세상에 대해 독설을 퍼붓는다.

하지만 이런 비난은 사실 햄릿의 입을 빌려 셰익스피어가 자기 시대의 정치 현실, 부조리한 사회상에 대해 가하는 날카로운 풍자라고 볼 수 있다. 권력, 법률, 계급 문제, 연극계의 현실 등 당시의 정치 현실, 문화, 사회상에서 엿볼 수 있는 온갖 부조리와 부정의를 공격한다. 햄릿/셰익스피어는 온갖 세상사에 대해 비판의 눈길을 보내며 풍자 시인으로서의 면모를 보여준다. 햄릿의 가장 유명한 독백 "사느냐 죽느냐 그것이 문제로다"는 다음과 같이 세태에 대한 풍자로 이어진다.

**햄릿** 누가 세상의 채찍과 모욕,
폭군의 횡포와 거만한 자의 오만불손함,
무시당한 사랑의 아픔, 법의 지연,
관료들의 오만방자함, 인내심 갖춘 자가
하찮은 이들에게 받는 능욕 참겠는가.
그저 칼 한 자루로 모든 것 끝장낼 수
있는데 (3막 1장 68-74)

이렇게 햄릿은 혼자 중얼거리지만 그것은 사실 세태에 대한 날카로운 비난인 것이다. 또한 햄릿은 클로디어스 왕의 하수인이 되어 친구의 비밀을 캐내려 하는 로젠크랜츠와 길덴스턴을 해면(스폰지)에 비유하며 비난한다. 지금 그들은 왕의 총애와 은혜를 빨아들이고 있지만 클로디어스가 원하는 단물(햄릿의 우울증의 원인에 대한 정보)을 다 빼먹으면 다시 바싹 말라버릴 스폰지 말이다. 이런 햄릿의 비유에서도 권력자들의 행태에 대한 날카로운 풍자가 담겨 있다. 햄릿이 "나사 풀린 시대"(time is out of joint)라고 표현한 위의 시대상은 바로 셰익스피어 당대의 영국이다. 이렇게 셰익스피어 극은 당대의 시대상을 연극의 형태로 재현하여 집단적으로 성찰하고 풍자하는 공간이었다.

『햄릿』 속 덴마크는 정치 사회 질서만 타락한 것이 아니라 언어도 타락했다. 클로디어스 왕을 비롯하여 많은 궁정 사람들은 감언이설을 늘어놓거나 장황한 수사를 사용하거나 지나칠 정도로 수다스럽지만, 그들의 대화에는 진솔함이 담겨 있지 않다. 햄릿이 그토록 경멸하는 폴로니어스의 다변은 덴마크 궁정 언어의 일면을 보여준다. 햄릿도 말장난(pun)을 통해 덴마크 궁정의 언어를 불안정하게 만든다. 말장난은 미친 척 하기로 한 햄릿이 쓰고 있는 일종의 가면이다. 햄릿은 폴로니어스, 클로디어스 왕, 거트루드 왕비의 말을 상대가 의도한 뜻으로 받아들이지 않고 전혀 엉뚱한 대답을 던짐으로써, 그들이 자신을 정상이 아니라고 믿도록 유도한다. 하지만 그처럼 횡설수설하는 햄릿의 언어에는 상대를 공격하는 비수가 숨겨져 있다.

덴마크 궁정의 언어가 타락했음을 가장 잘 보여 주는 징후는 만연한 스파이 행위이다. 엿듣기는 진솔한 의사소통이 아닌 왜곡된 언어 행위라고 볼 수 있다. 심지어 2막 1장에서 폴로니어스는 프랑스로 공부하러 간 자기 아들을 하인을 시켜 염탐하게 한다. 이 장면은 덴마크에 의심과 불안이 얼마나 만연한지를 보여 주는 장면이다. 이 극의 등장인물들은 상당 시간을 서로에 대한 엿보기와 엿듣기에 몰두한다. 형을 살해하고 왕권을 가로챈 클로디어스 왕은, 광기 어린 햄릿의 행동거지를 보고 불안해진다. 그래서 늘 햄릿에 대한 감시의 눈길을 소홀히 하지 않고, 폴로니어스를 비롯하여 햄릿의 막역지우인 로젠크랜츠와 길덴스턴, 햄릿의 연인인 오필리어, 생모인 거트루드 왕비까지 햄릿의 비밀을 캐내는 도구로 사용한다. 하지만 왕의 음흉한 속셈을 알고 있는 햄릿은 호락호락 그의 덫에 걸려들지 않는다.

클로디어스 왕이 이렇게 햄릿의 속내를 캐내기 위해 온갖 음모를 꾸미는 동안, 햄릿도 아버지 유령한테서 들은 클로디어스의 사악한 범죄 사실을 확인하기 위해 궁리한다. 그 누구보다 신중하고 조심스러운 햄릿은 자신이 본 선왕의 유령이 '자신의 허약함과 우울증이 낳은 나쁜 망상'(2막 2장 595-596)일지도 모른다고 생각한다. 그래서 유령이 말한 숙부의 범죄에 대해 확실한 증거를 확보하기 위해 마침 덴마크 궁정에 도착한 비극 단원들에게 선왕의 죽음 장면과 유사한 공연을 하게 한다.

햄릿은, 감동을 주는 연극에는 죄지은 자들로 하여금 자기 죄를 회개하게 만드는 힘이 있다고 생각한다. 연극의 이런 놀라운 기능을 믿고 햄릿은 클로디어스의 비밀을 캐내는 데 치명적인 역할을 할 대사도 직접 만들어 삽입하고 배우들의 연기도 일일이 지도한다. 햄릿은 배우들에게 과장된 연기를 하지 말라고 요구한다. 연극의 목적은 세상을 있는 그대로 보여 주는 것이라 생각했기 때문이다. 이것은 사실 셰익스피어의 연극관인 셈이다.

이렇듯 이 극은, 연극 속에서 연극의 기능, 올바른 연기, 연극의 목적 등에 대해 많은 논의를 한다. 연극이나 연기에 대한 햄릿의 이런 생각들은 후대의 극작가나 연출가, 배우들에게 중요한 지침이 되기도 했다. 이 극은 햄릿이 극 초반부터 미친 척 연기하고, 극중극을 올리면서 극 전체가 연기, 연극에 대한 언급으로 가득하다. 그런 점에서 이 극은 극작가 셰익스피어가 극이라는 장르 자체에 대해 내적 통찰을 하는 극이라고도 할 수 있다.

이 극은 엘리자베스 시대에 유행했던 복수극의 전통을 따르고 있다. 하지만 셰익스피어는 단순한 복수극의 차원을 넘어서 인간과 세상에 대한 많은 철학적 질문들을 탐구하고 있다. 햄릿의 다음 대사는 셰익스피어의 실존주의적 사고를 잘 보여 준다.

**햄릿** 도대체 자네들은 무슨 짓을 했기에 행운의 여신의 품에서 떨려나 이 감옥으로 왔나?

**길덴스턴** 감옥이라뇨?

**햄릿** 덴마크는 감옥이야.

**로젠크랜츠** 그렇다면 온 세상이 감옥이게요.

**햄릿** 이 세상이야말로 훌륭한 감옥이지. 그 안에 구치소도, 감방도,
지하 감방도 다 있지만 덴마크가 가장 지독한 감옥이지.

**로젠크랜츠** 저흰 그렇게 생각하지 않습니다, 왕자님.

**햄릿** 그럼 자네들에겐 그렇지 않은가 보지. 하긴 원래 좋고
나쁜 게 따로 있는 것이 아니라 생각하기 나름이니.
하지만 내게는 덴마크는 감옥일세.(2막 2장 230-240)

세상의 그 어떤 것도 좋고 나쁜 것으로 미리 정해진 것이 아니라 사람들이 보기 나름이라는 이 주장을 통해 셰익스피어가 이 세상을 이분법적으로 바라보는 시각에서 벗어나있음을 알 수 있다. 또한 이 대사에는 보편적 진리보다 개개인의 상황과 그에 따른 주체적 판단을 중시하는 실존주의 사상이 담겨있다.

그런 시각을 지닌 셰익스피어는 등장인물도 선악 이분법적으로 양분하지 않고 양면성을 지닌 존재로 그려낸다. 우선 햄릿은 복수 수행 과정에서 뜻하지 않게 살인을 저지르게 된다. 비극적이게도 사랑하는 여인의 아버지를 살해한다. 또한 왕의 명령에 따라 자신을 죽음으로 몰고 가는 친구들인 로젠크랜츠와 길덴스턴도 죽음을 맞게 한다. 그들을 죽음으로 몰고간 가해자 햄릿은 그의 적들과 마찬가지로 타락한 존재가 된다. 지금까지 신이 내리는 징벌의 수행자이던 햄릿은 징벌의 대상으로 전락한다. 이 순간 선인과 악인의 구별이 모호해지고 선과 악이라는 이항대립쌍이 햄릿의 한 몸에 녹아든다.

뿐만 아니라 이 장면들에서 지금까지 지나치게 신중하던 햄릿은 아주 충동적인 모습을 보인다. 바로 이런 점이 햄릿이라는 캐릭터를 복잡하고 모호하게 만든다. 셰익스피어는 햄릿의 극적인 변모를 통해 모든 존재 속에 들어 있는 양면적 성격을 드러낸다. 아무리 선한 사람에게도 어둡고 위험한 본능이 도사리고 있다는 사실을 보여 준다. 이렇게 때와 장소에 따라 다른 모습을 보이는 햄릿은 작품 속 다른 등장인물들에게나 독자나 관객에게나 한마디로 설명할 수 없고 영원히 해독이 불가능한 신비로운 텍스트로 남아 있다. 그에게는 이성과 열정, 선과 악, 숭고함과 저속함이 뒤섞여 있다. 바로 이러한 점이 햄릿의 매력이고, 셰익스피어의 위대함이라고 할 수 있다.

햄릿뿐만 아니라 클로디어스도 양면적이다. 그는 권모술수에 능하고 형을 죽이고 형수를 아내로 취한 사악한 악인이기는 하지만, 셰익스피어 작품 속의 많은 악인들처럼 자신이 저지른 행동에 양심의 가책을 느끼고 괴로워한다. 클로디어스의 가슴을 짓누르고 있는 업보는 바로 인류 최초의 살인인 형제 살해의 죄이다. 카인이 질투심에 사로잡혀 동생 아벨을 살해했듯이 클로디어스는 형의 왕좌와 아내를 탐해 형을 살해하고 형수를 아내로 삼았다. 하지만 햄릿이 준비한 연극을 통해 자신이 저지른 악행을 상기하게 된 클로디어스는 죄책감을 느끼며 참회의 기도를 한다. 욕망에 굴복하여 형제를 살해한 자가 양심과 싸우며 회개하고자 몸부림치는 모습에 독자나 관객은 동정하고 연민하게 된다. 셰익스피어 극에서는 악인조차도 자신을 악으로 내모는 본능과 인간으로서의 본성 사이에서 갈등하고 고뇌한다.

그런가 하면 셰익스피어는 오필리어에도 정숙과 관능이라는 양면성을 담아낸다. 오필리어는 연인의 손에 아버지가 죽임을 당하는 비극적 사건을 겪고 미친다. 그동안 그녀는 아버지, 오빠, 햄릿 등 주위의 모든 남성들로부터 끊임없이 순결, 정조, 정숙을 요구하는 억압적인 말들을 들어왔다. 그때마다 오필리어는 자신의 감정이나 의견을 표현하지 못하고 그것들을 마음속으로 삭인다. 오필리어는 광기에 사로잡힌 뒤에야 비로소 자신의 억압된 감정을 토로해 낸다. 이성을 지닌 상태에서는 절대 입 밖에 내지 못했을 외설스런 노래들을 부른다.

살을 에는 듯한 한겨울의 한밤중에 "거기 누구냐?"로 시작되는 이 극을 관통하는 주조를 여석기는 '긴장이 수반된 불안감'이라고 말한다. 그는 이 불안감이 자기증식을 거듭하면서 단순한 복수비극과 확연히 선을 긋고 있다고 말한다. 그는 이 단순한 질문으로 시작하여 "사느냐 죽느냐 그것이 문제로다"와 같은 영원한 수수께끼에 이르기까지 이 극에는 다양한 '물음'이 깔려 있어 이 세계는 불가사의한 것으로 차있다고 작품이 말하는 듯이 보인다고도 주장한다(여석기 역, 『햄릿』, 문예출판사, 2004, 222, 225). 반면 박우수는 이 작품을 읽는 것은 거울의 방에 들어가는 것과 같아 이곳에서는 바라봄과 보임이 동시적인 현상이며, 대상을 바라보고 있다고 생각하는 순간, 다른 응시의 대상이 되어 있으며, 쫓고 쫓기는 놀이처럼 범인은 탐정이 되고 탐정은 범인이 되는 뒤바꿈이 빈번한 작품이라고 했다(박우수역, 「햄릿」 열린책들, 2010, <역자해설>, 234). 이런 수수께끼 같은 요소 때문에 엘리어트(T.S.Eliot)를 비롯하여 많은 비평가들이 이 작품을 "문학계의 모나리자"라고 평한다.

『햄릿』 연구에서 가장 많이 논의되어 온 것은 햄릿 성격의 복잡성이다. 괴테는 『빌헬름 마이스터의 수업시대』에서 주인공 빌헬름의 입을 통해 햄릿을 "사랑스럽고 순결하고 고결하고 극히 도덕적"이라고 말하지만 슐레겔(Friedrich Schlegel)은 폴로니어스와 로젠크랜츠, 길덴스턴을 죽이는 햄릿에게서 악의에 찬 쾌감을 느끼는 모습을 지적했고, 로버트 온

스타인(Robert Ornstein)은 이를 “마키아벨리적 희열”이라고 표현했다. 하지만 온스타인은 그럼에도 불구하고 셰익스피어가 장인적인 예술 수완을 발휘하여 독자들이 “그의 도덕적 성품의 아름다움, 깊이, 우아함을 거의 직관적으로 인식”하게 만들었다고 주장한다. 니체는 햄릿을 사물의 본질을 꿰뚫어 보고 구조적 틀과 이성에 대한 원시적 저항을 지닌 디오니소스적 인간으로 보았다. 그런가 하면 러시아의 소설가 투르게네프는 인간 유형을 ‘햄릿형 인간’과 ‘돈키호테형 인간’으로 나누었다. 그에 의하면 돈키호테는 자신의 이상, 곧 정의와 진리를 실현하는 데 자신을 바치는 사람인데 반해, 햄릿은 전적으로 제 자신을 위해 사는 에고이스트다. 웨스트(Rebecca West)는 햄릿은 우유부단한 인물의 전형으로 받아들여지는데 폴로니우스를 우발적으로 살해하거나 로젠크랜츠와 길텐스턴을 계획적으로 죽음으로 몰아가는 걸 볼 때 많은 사람들의 그런 의견 일치가 오히려 의아하다고 생각한다. 이렇게 수세기동안 많은 비평가들이 햄릿의 성격에 대해 상반된 의견을 개진해 왔다. 이건 그만큼 셰익스피어가 창조한 햄릿 캐릭터가 복잡하고 다면적임을 반증하는 것이다.

『햄릿』에 대해 두 번 째로 논의가 많이 된 것은 왜 그가 복수를 결행하지 못했느냐는 것이다. 이에 대해 괴테는 엄청난 책무가 그것을 수행할 능력이 없는 인간에게 부여되었기 때문이라고 말한다. 고결하고 지극히 도덕적인 햄릿에게 유령의 요구는 불가능한 일을 수행하라고 요구한 것이라고 주장한다. 슐레겔은 그 이유를 햄릿의 “회의주의적 의심” 탓으로 보았고 콜리지는 외적 세계를 그 자체로서보다 내면적 성찰의 대상으로 받아들이는 사변적 인물들의 특징인 "행동에 대한 혐오감" 때문이라고 보았다. 정신분석학자인 프로이트는 『햄릿』과 소포클레스의 『오이디푸스 왕』을 심리학적으로 연구하여 오이디푸스 콤플렉스라는 유명한 심리학 이론을 만들어냈다. 프로이트에 의하면 햄릿은 아버지를 살해하고 어머니를 차지하고 싶은 자신의 무의식적인 소망을 행동으로 옮긴 숙부 클로디어스를 단죄할 수 없었다는 것이다. 니체는 행동하려면 환상의 베일이 필요한데, 디오니소스적 인물인 햄릿의 앎에서 나온 냉소주의가 그의 행동을 가로막는다고 했다(이상, 설준규 역, 『햄릿』, <부록>, 203-218 참조). 이렇듯 셰익스피어가 그려낸 햄릿의 성격과 그의 행동이 너무나 수수께끼 같아서 문학 연구사상 최대의 연구 논제가 되어 왔다.

『햄릿』은 정체성, 인간 존재의 조건, 사후 인간의 여정에 대한 성찰로 가득하다. 그 중에서도 사후 인간의 여정에 대해 가장 심오하게 탐구하고 있다. 세계 문학사상 가장 유명한 다음 독백도 죽음 이후의 인간의 운명을 이해하려는 햄릿의 모습을 잘 보여 준다.

**햄릿** 사느냐 죽느냐, 그것이 문제로다.
가혹한 운명의 돌팔매와 화살 맞아도
참고 사는 것이 장한 일인가.
아니면 고통의 바다에 맞서 무기 들고
싸우다 죽는 것이 옳은 일인가. 죽는 건- 잠자는 것.
그뿐 아닌가. 잠들면 마음의 상심도,

육신이 물려받는 수천 가지 고통도
끝나. 그것이 모두가 바라는 마무리
아닌가. 죽는 건 잠자는 것.
하지만 잠들면 꿈을 꿀 테지. 아, 그것이 걸리는구나.
우리가 이승의 고통 버리고
죽음이란 잠을 잘 때, 어떤 꿈 찾아올지 모르니
주저할 수밖에. 그 때문에
이리 오래 사는 재앙을 겪는 게지.(3막 1장 56-69)

이 독백은 자살 충동을 느끼는 순간 햄릿이 특유의 사유에 빠져 죽음에 대해 진지하게 성찰하고 있음을 보여 준다. 또 왕이 폴로니어스 시신의 행방을 묻자 햄릿이 하는 다음 대사에서도 죽음에 대한 철학적 명상이 계속 된다.

**햄릿** 먹는 게 아니라 먹히고 있습니다. 지금 약아빠진 구더기 한 무리가 모여서 신나게 먹어대는 중입니다. 구더기는 먹는 일에는 유일한 제왕이지요. 인간은 자신이 살찌자고 뭇 동물들을 살찌우고, 그렇게 스스로 살찌워서는 구더기 밥이 되죠. 살찐 왕이나 마른 거지나 구더기 밥상에 오르는 두 가지 요리일 뿐입니다. 그게 인간의 종말입니다.(4막 3장 19-25)

속세에서의 삶이 어떻든 인간은 죽어 누구나 구더기 밥이 된다. 온갖 부귀영화를 누리던 살찐 왕이나 구차한 인생에 말라비틀어진 거지나 죽어서는 모두 구더기 밥이 된다는 이 대사에는 죽음을 통한 평준화와 인간 삶/욕망의 허망함이 잘 담겨져 있다. 살아 있는 동안 먹이 피라미드의 최고점을 차지하며 생물계의 제왕으로 군림하던 인간이 죽어서는 가장 하찮은 동물인 구더기의 먹이가 되는 것이다.

또한 오필리아의 무덤을 파는 광대가 내던지는 해골들을 보며 햄릿은 다시 죽음에 대한 깊은 상념에 빠진다. 햄릿은 알렉산더 대왕이나 시저의 죽은 뒤 운명에 대해 상상해 본다. 그리고 그들도 어쩜 술통 마개나 바람벽의 구멍을 바르는 흙이 됐을 지도 모른다는 생각에 이른다. 생전의 삶과 상관없이 죽으면 누구나 구더기 밥이 되고 결국 한낱 먼지가 되고 만다는 생각에 햄릿은 심한 허무감에 사로잡힌다. 이것이 인간의 가장 큰 철학적 명제인 '죽음'에 대해 셰익스피어가 준엄하게 내리는 결론이다. 이렇듯 생과 사를 관통하는 햄릿의 대사 한 마디 한 마디가 주옥같은 철학적 경구가 된다. 인간 존재에 대한 숭엄한 명상이 보석 같은 언어들로 표현됨으로써 『햄릿』은 부동의 세계 최고의 문학 작품이 된 것이다.

# 셰익스피어 연보

1558년　엘리자베스 1세 등극

1564년　존 셰익스피어(John Shakespeare)의 셋째 아이이자 장자로 윌리엄 셰익스피어(William Shakespeare) 출생.
4월 26일에 세례를 받음. 동료 작가 크리스토퍼 말로우(Christopher Marlowe)도 이 해에 출생.

1573년　셰익스피어의 후원자인 사우스햄턴 백작(Earl of Southampton)이 되는 헨리 리즐리(Henry Wriothesley) 출생.

1576년　영국 최초의 공공극장인 씨어터 극장(The Theatre) 건립.

1582년　셰익스피어, 8살 연상인 앤 해서웨이(Anne Hathaway)와 결혼

1583년　장녀 수산나(Susana) 탄생.

1585년　셰익스피어의 쌍둥이 자녀인 햄닛(Hamnet)과 주디스(Judith) 출생.

1586년　이때부터 1592년까지 행방이 모연함.

1587년　영국으로 망명와 있던 스코틀랜드의 메리 여왕(Mary Stuart)이 반란 혐의로 처형됨.

1588년 드레이크(Sir Francis Drake)가 스페인의 무적함대인 아마다 호(Armada)를 무찌름.

1589년 『헨리 6세』(*Henry VI*) 1부 집필.

1590-91년 『헨리 6세』 2,3부 집필.

1592년 대학출신 극작가 로버트 그린(Robert Greene)이 *A Groatsworth of Wit bought with a Million of Repentance*라는 팜플렛에서 셰익스피어의 유명세를 비난함.
런던에 흑사병이 창궐. 7월부터 1594년 6월까지 극장 폐쇄. 극단들은 지방 순회공연을 다님. 『리차드 3세』(*Richard III*), 시집 『비너스와 아도니스』(*Venus and Adonis*), 『실수 희극』(*The Comedy of Errors*) 집필.

1593년 후원자인 사우스햄턴 백작에게 헌정한 『비너스와 아도니스』(*Venus and Adonis*) 출간. 『타이터스 앤드로니커스』(*Titus Andronicus*), 『말괄량이 길들이기』(*The Taming of the Shrew*) 집필.

1594년 시집 『루크리스의 겁탈』(*The Rape of Lucrece*) 출간. 역시 사우스햄턴 백작에게 헌정함.
『베로나의 두 신사』(*Two Gentlemen of Verona*), 『사랑의 헛수고』(*Lover's Labour's Lost*), 『존 왕』(*King John*) 집필.
여왕의 전의(典醫)인 로페즈(Roderigo Lopez)가 여왕 독살 혐의로 처형됨.
'궁내부장관 극단'(The Chamberlain's Men) 창설.

1595년 『리차드 2세』(*Richard II*), 『로미오와 줄리엣』(*Romeo and Juliet*), 『한여름 밤의 꿈』(*A Midsummer Night's Dream*) 집필.

1596년 아버지 존 셰익스피어가 문장을 허락받아 '신사'로 서명할 수 있게 됨.
아들 햄닛의 사망.

『베니스의 상인』(*The Merchant of Venice*), 『헨리 4세』(*Henry IV*) 1부 집필.

1597년 스트랫포드의 대저택 뉴플레이스 매입.
『윈저의 즐거운 아낙네들』(*Merry Wives of Windsor*) 집필.
글로브(The Globe) 극장 설립.

1598년 『헨리 4세』 2부, 『헛소동』(*Much Ado About Nothing*) 집필.

1599년 『헨리 5세』(*Henry V*), 『줄리어스 시저』(*Julius Caesar*), 『좋으실대로』(*As You Like It*) 집필.
에섹스 백작(The Earl of Essex)이 아일랜드 평정에 나섰다가 실패 후 여왕의 명에 반하여 귀국했다가 연금됨.
풍자물 출판 금지령 선포.

1600-01년 『햄릿』(*Hamlet*) 집필.

1601년 1600년에 석방된 에섹스 백작이 쿠데타를 일으킨 전날 밤 요청하여 『리차드 2세』(*Richard II*) 공연.
에섹스 백작이 반란죄로 처형되고 셰익스피어의 후원자인 사우스햄턴 백작도 이 반란에 연루되어 수감됨.
『십이야』(*Twelfth Night*), 『트로일러스와 크레시다』(*Troilus and Cressida*) 집필.

1602년 『끝이 좋으면 다 좋아』(*All's Well That Ends Well*) 집필.

1603년 엘리자베스 여왕 사망. 스코틀랜드의 제임스6세(James VI)가 제임스 1세(James I)로 등극하여 스튜어트(Stuart) 왕조 시작. '궁내부대신 극단'이 '왕의 극단'(King's Men)이 됨.

1604년 『자에는 자로』(*Measure for Measure*), 『오셀로』(*Othello*) 집필.

1605년 『리어 왕』(*King Lear*) 집필

제임스 1세의 종교 탄압에 반발하여 화약음모(Gunpowder Plot) 사건 터짐.

1606년 화약 음모 사건의 주동자인 폭스(Guido Fawkes)와 예수회 가네트(Henry Garnet) 신부 처형됨.

『맥베스』(*Macbeth*), 『안토니와 클레오파트라』(*Anthony and Cleopatra*) 집필.

1607년 『코리오레이너스』(*Coriolanus*), 『아테네의 타이몬』(*Timon of Athens*), 『페리클레스』(*Pericles*) 집필.

1609년 『심벌린』(*Cymbelin*) 집필.

1610년 『겨울이야기』(*The Winter's Tale*) 집필.

1611년 『태풍』(*The Tempest*) 집필.

1612년 존 플레처(John Fletcher)와 함께 『헨리 8세』(*Henry VIII*) 집필.

1613년 존 플레처와 함께 『고결한 두 친척』(*The Two Noble Kinsmen*) 집필.

『헨리 8세』 공연 중 글로브 극장에 화재가 나서 소실됨.

1614년 글로브 극장 재개관.

1616년 셰익스피어 4월 23일에 사망.

1623년 셰익스피어의 아내 앤 해서웨이 사망.

존 헤밍(John Heminge)과 헨리 콘델(Henry Condell)에 의해 36개의 극이 수록된 최초의 극전집인 제1이절판(The First Folio) 출간

셰익스피어 전집 006

# 햄릿


| | |
|---|---|
| **초판 인쇄** | 2018년 11월 13일 |
| **초판 발행** | 2018년 11월 20일 |

| | |
|---|---|
| **지은이** | 윌리엄 셰익스피어(William Shakespeare) |
| **옮긴이** | 권오숙 |
| **발행인** | 김인철 |
| **총괄 · 기획** | 가정준 Director, University Knowledge Press |
| **편집장** | 신선호 Executive Knowledge Contents Creator |
| **도서편집** | 박현정 Contents Creator |
| **전자책편집** | 이리나 e-Contents Creator |
| **재무관리** | 문수진 Managing Creator |
| **사전 · 출판** | 정준희 Contents Creator |
| **마케팅 파트장** | 백승이 Chief Marketing Creator |
| **마케팅** | 이현진 Marketing Creator |
| **발행처** | 한국외국어대학교 지식출판콘텐츠원<br>02450 서울특별시 동대문구 이문로 107<br>전화 02)2173-2493~7<br>팩스 02)2173-3363<br>홈페이지 http://press.hufs.ac.kr<br>전자우편 press@hufs.ac.kr<br>출판등록 제6-6호(1969. 4. 30) |
| **디자인 · 편집** | (주)이환디앤비 02)2254-4301 |
| **인쇄 · 제본** | 네오프린텍 02)718-3111 |

ISBN 979-11-5901-424-6 04840 정가 10,000원
ISBN 979-11-5901-255-6 (세트)

*잘못된 책은 교환하여 드립니다.





HUINE은 한국외국어대학교 지식출판콘텐츠원의 어학도서, 사회과학도서, 지역학 도서 Sub Brand이다. 한국외대의 영문명인 HUFS, 현명한 국제전문가 양성(International +Intelligent)의 의미를 담고 있으며, 휴인(携引)의 뜻인 '이끌다, 끌고 나가다'라는 의미처럼 출판계를 이끄는 리더로서, 혁신의 이미지를 담고 있다.

햄릿